破談覚悟のお見合いのはずが、
カタブツ御曹司から注がれる愛情が
ムッツリなみに灼熱でした！

ルネッタ Ⓛ ブックス

CONTENTS

Lunetta

第一章

ゴールデンウィーク半ば。

華やかな振り袖に身を包んだ明日華《あすか》は、ホテルの庭園内にある数寄屋《すきや》造りの料亭の一室で、現実逃避気味に窓に視線を向けていた。

都内一等地に建つホテルの庭園は、ここが都心であることを忘れてしまいそうなほど豊かな自然美に包まれている。色鮮やかなたくさんの鯉《こい》のぼりが澄み切った初夏の空を彩っていて、風に揺れる木々の青々とした葉が奏でる音がここまで聞こえてきそうだ。

美しい庭に目を移しながらも、明日華の意識は室内に向けられている。

透き通るような白い肌、ぱっちりと大きな目に小ぶりな鼻、厚めの唇はぽってりとしていて、ほのかな色気が滲《にじ》む顔には、憂いが浮かんでいた。

(この状況は、自業自得……なんだけど。部長に失望されてもおかしくないし)

仕事中はハーフアップにまとめている長い髪を、今日の見合いのためアップにし、前髪は斜めに流していた。きっちりとセットされた髪と違い、明日華の胸中は複雑に糸が絡み合ったかのごとく、緊張や彼への申し訳なさ、胸騒ぎでぐちゃぐちゃだ。向かいからの視線を感じるが、彼の表情を確かめるのが怖くて、席に着いてからずっと窓ばかり見ている。

「社長、どうぞ」

料理が運ばれてきて、向かいに座る男、葛城実樹也《かつらぎみきや》が酌をするために立ち上がった。接待で慣れたものなのか、その手つきは上品で洗練された印象だ。

「あぁ、ありがとう」

明日華の隣に座る父が礼を言って、実樹也の酌を受ける。

父は、菓子の製造、加工、販売を行う大企業、株式会社戸波《となみ》の社長だ。祖父が興した会社を父が引き継ぎ、健康食品の分野にも裾野を広げ、手堅い経営手腕で会社を大きくしてきた。

明日華は恐る恐る、父に酌をする実樹也を見た。

（いつもと同じように見えるけど、きっと、怒ってる、よね？）

明日華の直属の上司である彼は、戸波の菓子営業部で部長を務めている。父やほかの役員から取締役の候補として名前が挙がっているほど優秀な男だ。

彼は今年二十七歳になる明日華より五つ上の三十二歳。明日華が入社したときにはすでに課長職に就いていた実樹也は、その後も次から次へと新規取引先を獲得し、実力でその地位を得た。

そのため明日華の婿候補として申し分ないと、父に選ばれてしまったわけだ。

見合い相手が片思い中の彼で嬉《うれ》しい気持ちはあるが、明日華との見合いなど望んでいない彼からすれば、この状況は迷惑極まりないはず。

大学卒業後、戸波で働いて五年。一人で任せられる仕事も増えてきて、ようやく最近では実樹也の手を煩わせずに済んでいるというのに。

光沢感のあるダークグレーのスーツを着た実樹也は、恐ろしく整った顔に人当たりのいい笑みを張りつけていた。

黒髪の隙間《すきま》から覗《のぞ》く、整った太い眉にきりりとした目元、真《ま》っ直《す》ぐに通った鼻筋は男らしくパーツのバランスが非常にいい。笑みを浮かべているが、表情に柔らかさが欠片《かけら》もないからか、近づきがたく見える。さらに言えば、百八十を超えるであろう長身で、引き締まった体躯《たいく》の良さも目を引く要因となっている。

彼は父を前にしても、へりくだった態度を取る様子もなく、空世辞で盛り上げるでもない。

それは自分がよく知る彼の印象そのままだったが、人当たりのいい笑みが外向きの顔だと、それなりに付き合いの長い明日華は知っている。

それも当然かと、明日華はため息を呑《の》み込んだ。せっかくの休みの日にこんな場所に呼びだされて嬉しいはずもない。その笑顔が彼の怒りを表しているような気がして余計に怖くなる。

実樹也は父から打診された明日華との見合いを断らなかった。いや、おそらく社長命令で、断りたくとも断れなかったに違いない。

「急にこのような場を設けることになってすまないね。驚いただろう？」

父が切りだすと、座卓を挟んで向かいに座った実樹也が小さく頷《うなず》いた。

「えぇ、まぁ。どうして私なのかとは」

「ははっ、謙遜するねぇ。娘に幸せな結婚をさせてやりたいと思う親心だよ。それに、まったく知らない相手よりいいと思ってね。この場に来てくれたってことは、前向きに考える余地はあるんだろう？」

前向きに考える余地はある――そんな父の言葉に、実樹也は頰《ほお》をひくりと震わせた。

明日華との結婚に不服なんてないだろう、そう問われているように感じたのは自分だけではなかったらしい。

（これじゃあ父親に頼んで好きな相手をものにする横暴なお嬢様だと思われる……思われるっていうかその通りよね。どうしよう、部長には恋人がいるのに……）

営業部の直属の上司であった彼に対して、初めは〝好き〟という感情はなく、むしろ〝失礼な人〟という印象だったと思う。それが〝認められたい〟に変わり〝好き〟になった。

ただ、それが恋だと気づいたときには遅かった。彼には恋人がいたのだ。

明日華が常連となっているホテルのロビーで、偶然、実樹也を見かけた。彼の隣にいる女性は、実樹也にもたれかかるように腕を組み、顔を寄せてなにかを話していた。彼女は実樹也の隣に並んでも見劣りしないほど綺麗《きれい》な人だった。

明日華は、恋人のいる相手を奪うような倫理感を持ち合わせていない。しかし、日ごと募っていく想《おも》いの行き場はどこにもなく、実らぬ片思いを続けて五年。

そんなとき、父から見合いを打診されたのだ。

きっかけは一週間ほど前のこと。

明日華は、向かいに座る両親と共に夕食を摂りながら、母の他愛《たわい》のない話に耳を傾けていた。

『ねぇ、明日華。あなた、ほとんど毎日早く帰ってくるけど、デートの予定はないの？　誰かとお付き合いしてるって話も聞いたことがないし』

『うん、特にないわ』

明日華が答えると、母は取り付く島もないとばかりに肩を竦《すく》めた。

『このままじゃ明日華がお婿さんを迎える日は来ないわねぇ』

『そうね、残念ながらその予定はないかな。でもお母さん、突然どうしたの？　今までそんなこと言わなかったじゃない』

明日華はパスタを巻いていたフォークをテーブルに置いて、向かいの母に目を向けた。

母が、この歳《とし》にもなって恋人の一人もいない自分を心配して言ってくれているのはわかる。母が結婚した年齢を過ぎた、というのも理由にあるのかもしれないが。

『だって、お友だちのお孫さんが可愛《かわい》かったのよ～。お母さん、久しぶりに赤ちゃんを抱っこしたくなっちゃった』

母は、てへ、という擬音が聞こえてきそうな顔をして、スマートフォンに赤子の写真を表示し明日華に見せてくる。

『あぁ、そういうこと』

母の言葉に苦笑を返すしかなかった。

婿候補どころか恋人もいないのに、一足飛びに孫を求められても困る。

『まぁ、赤ちゃんは冗談にしても、花の盛りに恋に興味がないなんてもったいないでしょう？　そう思うのは、お母さんも年を取ったってことかしらね』

『うーん、でも、好きでもない人とお付き合いなんてできないし』

明日華が言うと、母はわかりやすく肩を落とした。

『気持ちはわかるけど、出会いを探すくらいはしてもいいんじゃないの？』

『出会いねぇ』

彼を諦めて、ほかの誰かに恋をする。それができるならとっくにしている。

実りもしない恋を引きずっているよりも、新しい出会いを求めた方がいいなんて、自分が一番よくわかっている。しかし、そう考えるたびに、結局、彼以上に好きになれる相手はいないという結論に辿り着くのだから、仕方がないではないか。

好きな人がいるとも言えず、『そのうちね』という言葉で終わらせようとすると、黙って聞いていた父が口を挟んだ。

『なら、見合いでもしてみるかい？』

『お見合い？』

『この間のパーティーで、珍しく話が弾んでいた青年がいただろう。気が合うんじゃないかと思ったんだ。彼も君を気に入ったと言っていたし、次男だから婿に来るのも問題はないだろう。実直だし仕事もできる男だよ』

『あら、いいわね。お見合いなら相手の身元もたしかだし』

母も和やかに父の言葉に同意した。

父は祖父から継いだ会社を守り大きくしてきただけあって、経営者として人を見る目に優れており部下からの信頼も厚いのだが、いかんせん行動力がありすぎるのだ。

何事も迷いなく即決するから周りが置いてけぼりを食らうこともしばしば。父についていけるのは深く考えないタイプの母くらいだろう。

直感だけでここまで会社を大きくできたのだから、それも才能なのかもしれないが、もしここで明日華が少しでも前向きな返事をすれば、明日にでも見合いがセッティングされてしまう。

父と共に出席したパーティーは覚えている。戸波の子会社の創業記念で、母の代理として出席したものだ。

だが、社長の娘というフィルターのかかった状態で数々の社交辞令を聞かされ、表情筋を鍛えまくっていた覚えしかない。話が弾んでいた相手というのも記憶になかった。

『いやよ、結婚は好きな人としたいの』

『いい青年だからまた会ってみるだけならどうだい？　だめなら断ればいいんだから』

『そうよ、好きになれるかもしれないじゃないの』

いつになく執拗《しつよう》に見合いを勧める両親に、思わず明日華の口が滑った。

『好きな人がいるから無理だってば！』

しまったと口を押さえたときには遅かった。

『あらあら、あなた、好きな人がいたの？　教えてくれればよかったのに！』

『そうだよ、ならその人を一度連れてくればいいよ』

『だから付き合ってるわけじゃないんだってば！』

『付き合ってないのかい？　好きなら好きと言えばいいだろう』

父は、なにをやっているんだと言わんばかりだ。母に結婚を申し込んだのも見合い当日だったという父からすると、好きな人がいながら行動に移さない理由がわからないのだろう。

『言えるわけないでしょ！　部長は……あっ』

さらに口が滑り、明日華は慌てて手のひらで覆った。向かいの両親をちらりと見るが、やはりしっかりと明日華の声は届いていたようだ。

『部長って、明日華の上司の葛城実樹也くんか』

父は納得した様子で腕を組んだ。

『そうよ』

バレてしまったものは仕方がないかと、明日華は苦笑しつつ答えた。こういう話を親とするのは恥ずかしさがあるものの、彼をどう思うかは見る目のたしかな父に一度聞いてみたかった。

『彼ならいいんじゃないか？　コツコツと実績を積み上げていく忍耐力もあるし、面倒見もいい、人を動かす力のある男だ。欲を言えばもう少し自己顕示欲があってもいいんじゃないかと思うが、育ってきた環境もあるしなぁ』

『へぇ、そうなの？』

育ってきた環境がどうなのだろうと気になったものの、母が目を輝かせて父と話し始めてしまったため口を挟む隙がない。

『待って。だから付き合ってるわけじゃないんだって』

明日華は彼と交際しているわけでもなんでもない。待ってと手を出すが、両親は話に夢中で明日華の言葉がまったく耳に入っていなかった。

『そうと決まれば明日にでも見合いの話を通そう。料亭の予約もしておかないとな』

明日華は好きな人がいると言っただけなのに、どうしてこんなことになるのか。第一、実樹也がそれを受け入れないだろう。

『話を通すって、ちょっと』

『それなら私が連絡を入れておくわ。明日からゴールデンウィークだし、その間でいいわよね』

『そうだな、無理そうなら土日に。善は急げだ』

『待ってってば！』

父は明日華の制止も聞かずに席を立つと、どこかへ電話をかけ始めた。

こうと決めたことは誰になにを言われても貫き通す父の性格は、明日華にも受け継がれているからよくわかる。彼との見合いはもう決定したようなものだと。

そうしてあっという間に、実樹也と明日華の見合いは決まってしまったのだ。

明日華は両親とのやり取りを思い出し、ため息を呑み込んだ。

実樹也と大切な人の仲を壊すつもりはない。

それでも結果的に見合いに頷いたのは、本当に彼との結婚が叶《かな》うはずもないのだし、父から無理矢理見合いをセッティングされたと言えば許されるはずだと、わずかながらずるい下心があったからだ。

彼の恋人からすれば、見合いだけだとしても、たまったものではないだろうに。

「明日華さんは可愛い部下ですから、幸せな結婚の相手に私を選んでいただけたことは光栄です。ですが結局、お互いの気持ちが一番大事でしょう?」

実樹也は言質を取られないためか、当たり障りのない返答をした。明日華に決断を委ねたのは、自分から断るわけにはいかないからだろうか。

彼の表情が仕事のときとなんら変わりのないものだとしても、初めて名前を呼ばれて、気持ちが浮き立ってしまう。

「それで、明日華さんは私との結婚をどう考えているのですか?」

結婚できるならしたいです——そう言いたいけれど、実樹也を困らせたくもなくて、複雑な気持ちを抑え、彼を見つめた。こちらを見る実樹也の目からはなんの感情も伝わってこない。ただ事務的にこの場をどう切り抜けようかと考えているように見える。

明日華がどう答えようか迷っている間に父が笑って言った。

「明日華が、結婚するなら君がいいと言ったんだよ」

「お父さんっ! なに言ってるの⁉」

明日華は思わず叫んだ。

なにもこのタイミングで暴露しなくてもいいではないかと父を睨《にら》む。うじうじと片思いを引きずっていたのはたしかだが、まさか父に自分の気持ちを暴露されるとは。

「なら、黙っていないで自分できちんと話しなさい」

少しは女性の恋心というものを理解してほしい。片思いしている相手には恋人がいるのだ。見合いへの呼びだしからしても迷惑だと思っているであろう相手に「そうなんです、実は前々から好きでして」などと言えるわけがないではないか。

「と言ってもね。僕の前ではお互い言いにくいこともあるだろうから、そろそろ帰るよ。あとは任せる。じゃあね」

父はあっさりと立ち上がった。上手《うま》くやれとばかりに親指を立てられて、頷けるはずもない。そんな父とのやり取りを、上司であり好きな人でもある彼に見られることが心底恥ずかしかった。

見送るため立ち上がろうとする実樹也を手で制した父は、足取り軽く部屋を出ていった。襖《ふすま》が閉まるのを目で追っていた明日華は、膝の上で手を握りしめる。

「あの……っ」

明日華が声をかけると、実樹也の視線がこちらを捉えた。

「どうした」

彼の表情が楽しげに見えるのは明日華の気のせいだろう。父が席を外したため、多少、気が楽になったのかもしれない。

「と、とりあえずいただきませんかっ!?　あ、部長もなにか飲まれます？　お酒とか……っ」

部屋にある呼び鈴を鳴らそうと手を伸ばすと、上から実樹也の手が重ねられた。ふいに触れられたことに動揺し手を引くと、実樹也が呆《あき》れたように目を細める。

「お前な、緊張しすぎだろう。社長にいてもらった方がよかったか？」

「すみません……ちょっと落ち着きます」

「まず、俺になにか言うことがあるよな」

彼はミスを指摘するときと同じ淡々とした口調で言った。一緒に仕事をして五年も経《た》てば、それを怖いとは思わない。

呆れてはいるだろうが、失望されてはいないのがわかり、明日華は胸を撫《な》で下ろす。

「……本当に申し訳ありませんでした」

明日華は正座のまま後ろに一歩下がり、座卓で見えなくなるほど深く頭を下げた。

向かいからため息が聞こえてきて、恐る恐る顔を上げる。

「できれば社長からの呼びだしは勘弁してほしかったが。とりあえず事情を説明してくれ」

「はい……あの、実は……」

明日華は、父から取引先の御曹司との見合いを勧められたこと。話の流れでつい実樹也の名前を出してしまったことを話した。

「つい、部長のお名前を……私のせいで、ご迷惑をおかけして申し訳ありません」

「何度も謝る必要はない。それで、つい、結婚するなら俺がいいなんて言ったのか？」

「は、はい……つい、です」

明日華は、頬を真っ赤に染めて視線を落とし、テーブルの上で指先を弄《いじ》りながら、彼の次の言葉を待った。きっともう明日華の気持ちはバレている。そう思うと、胸の辺りがチクチクした。

（断られるのは、わかってたこと）

そうなっても、ゴールデンウィーク明けの仕事では、きっとなにもなかったかのように接してくれるだろう。だからこれからも一部下として振る舞えばいい。

「それは、本心？」

そう聞かれ、明日華の肩がびくりと震える。

「戸波」

次の言葉を促され、真っ赤な顔をそろそろと上げた。こちらを見透かすような実樹也の目を見て、逃れることはできないのだと察した。

「すみません……本心です。お父さんに強引にお見合いをセッティングされたと言えば、お見合いだけなら……許されるかなと……本当に申し訳ありません」

言い訳がましい言葉の羅列に自己嫌悪に陥る。彼と恋人の仲に亀裂を入れるつもりはなかったとしても、明日華の行動からそう取られてもおかしくない。

（やっぱり、失望されるかも……）

涙を浮かべながら震える明日華を見ていた実樹也が、突然、耐えきれないとばかりに腹を抱えて笑いだした。

「ははっ！　強引にお見合いをセッティングされたって言えばって。馬鹿正直だな。そうじゃないって言ってるようなものだろう！」

当然だが、仕事中に実樹也の笑い転げる姿など見た覚えはなく、こちらが驚かされる。若手からの人望も厚く頼りになる上司だが、誰と話していても薄い壁を作っているような雰囲気があり、プライベートに入り込む隙は与えてもらえない。

だから、こんな風に声を立てて笑う実樹也を実際に見ていても、信じがたかった。

「どうして笑うんですか」

「うん？　まぁ、そういう真っ直ぐなの嫌いじゃないからな」

「嫌いじゃなくても……断るでしょう？」

「どうしてそう思う？」

わかっているくせに、どうして明日華から言わせようとするのだろう。恋人のいる彼が明日華を選んでくれることなど万に一つもない。

「……部長には恋人がいるじゃないですか」

彼は告白してくる相手に「好きな人がいる」と言って断っていると聞いた。

女性を連れ立って歩く実樹也を、明日華も行きつけのホテルで二度ほど見た。

もちろん話しかけはしなかったし、実樹也もこちらに気づいていなかったが、二度とも彼は同じ女性を伴っていた。

周囲の目を一身に集める艶《つや》やかで美しい女性は、仲睦《なかむつ》まじげに実樹也の腕を取り、幸せそうな笑みを浮かべていた。実樹也と並んでいるとお似合いとしか言いようがなく、不躾《ぶしつけ》に見るつもりなどなくとも、二人の姿に自然に目が吸い寄せられてしまった。

客室に向かうのか、それとも食事をするのか。下世話な想像をする自分がいやになった。

彼の隣にいた女性を思い出しながら言うと、実樹也は訝《いぶか》しげな様子で首を横に振った。

「あぁ……それは違う。恋人なんていない」

実樹也はなぜか一瞬、不快そうに眉を寄せた。

「え？　でも」

「少なくとも今、交際している女性はいない」

彼の表情の意味がわからず、明日華が女性の存在を口にしようとすると、彼はそれを遮るように言った。さらに踏み込んで聞ける雰囲気でもなく、仕方なく引き下がる。

「……そうなんですか」

実樹也は一つ咳払いをして言葉を続けた。

「それでお前は、本当に俺との結婚を望んでいるのか？」

確かめるように尋ねられて、明日華は彼の真剣な眼差《まなざ》しにこくりと唾を呑み込んだ。

彼に好きな人がいないなら、交際している女性がいないなら、もしかしたら自分にもチャンスがあるのかもしれない。断るつもりなら、交際している女性はいない、などと期待を持たせるような言葉を伝えないはずだ。

「結婚するなら、部長がいいです」

「なぜ？」

「なぜって……わかってるのに聞かないでください！　部長が好きだからに決まってるでしょう！」

顔が火照ったように熱い。恥ずかしさを押し殺し叫ぶと、実樹也が優しげに微笑《ほほえ》んだ。明日華からの告白を喜んでいる、そう見えてしまうのは恋心による勘違いだろうか。

「お前、いつから俺が好きだったの？」

「いつからって……新人の頃からですけど」

入社してすぐ営業部に配属された明日華は、周囲から〝腰かけ〟と言われていた。おそらくコネ入社だと思われていたからだろう。

実樹也も当然、周囲と同じような印象を抱いていたはずだ。

(社会勉強のために少しの間だけいるつもりなら、こちらも仕事の割り振りを考える……って、面と向かって言われたのよね)

最初は、ずいぶんと失礼な人だと思ったものだ。でも明日華が新人として扱ってほしいと頼むと、彼はそれはもう厳しく指導をしてくれたのだ。

彼もまた大企業の社長を父に持っている。だからか、それからは明日華を色眼鏡で見ることはなかった。上司としてそんな実樹也を尊敬した。

その気持ちが恋心になるには、さして時間はかからなかった。

「へぇ」

必死に隠していた想いを知られ、照れくささから拗《す》ねた表情で目を逸《そ》らすと、彼は居住《いず》まいを正して真剣な顔をした。

「なら、結婚するか」

彼の言葉の意味を理解するまでに時間がかかった。

本当に結婚してくれるのだろうか。夢でも見ているのではないか。思いがけず叶った恋に喜びの言葉さえ上げられないでいると、実樹也がもう一度はっきりと言葉にする。

「結婚を前提に付き合おうって言ってる。どうする？」

「……いいんですかっ!?　取り消せませんよ!?　信じちゃいますよ!?」

前のめりになりつつ聞くと、実樹也は噴きだすように笑った。

「いいよ、信じて」

実樹也はそう言うと、目を細めて笑った。

「俺もそろそろ腹をくくるかな」

明日華に恋愛感情があるとは思えないから、彼が明日華との結婚を受け入れたのは、おそらく出世のためだろう。役員の候補として声がかかるくらいだ、現社長の娘である明日華の夫となれば、さらなる出世の足がかりとなると考えてもおかしくはない。

それでも降って湧いた幸運に気持ちが浮き立った。だって、これからいくらでも彼を振り向かせるチャンスがあるのだから。

「じゃあ、これからは婚約者としてよろしくな。プライベートでは明日華と呼ぶぞ、いいよな？」

「はい！　部長は……実樹也さん、ですよね。なら、私は……どうしようかな……」

明日華は指先を顎に当てながら首を捻《ひね》った。

脳裏に彼の隣を歩いていた女性の姿が浮かぶ。彼女は彼をなんと呼んでいたのだろうか。実樹也と呼び捨てかもしれない。"実樹也くん"と呼ぶようなタイプには見えなかったから、"実樹也さん"かもしれない。そう思ったら、彼女を思い起こさせる呼び方はいやだと思った。

「……あ、〝みっくん〟はどうですか？」

明日華の部屋には、幼い頃から大事にしているクマのぬいぐるみの〝みっくん〟がいる。大きさは一メートルほどもあり、ベージュでふわふわな毛の可愛いクマだ。

クマのぬいぐるみに〝みっくん〟と名前をつけたのは、どうやら幼少の明日華らしいが、なぜ〝みっくん〟なのかは覚えていない。

本人にはとても言えないが、みっくんを抱き締めるたびに実樹也を思い浮かべてしまっていたから、明日華の中ではみっくんイコール実樹也だった。真っ黒なつぶらな瞳は実樹也とは似ても似つかない。彼を動物に例えるなら、クマではなく虎というイメージなのに。

ベッドに置いてあるクマのぬいぐるみを思い出して言うと、彼がいやそうな顔をした。

「ちょっと待て。俺、三十二だぞ」

「いいじゃないですか。〝みっくん〟って呼んでる人はいないでしょう？」

「あ〜いや……いないことも、なかったな」

なにかを思い出したのか、実樹也は頭上を仰ぎ、懐かしそうな目をした。

みっくんと呼んでいたのも昔の恋人だろうか。過去の恋人にまで嫉妬をする心の狭い女だと思われたくなくて感情を隠すが、さすがに付き合いの長い上司には気づかれる。

「勘違いするなよ……小学校低学年の頃の話だ。下の名前で呼ぶような相手はいない」

「小学校の頃はみっくんだったんですか？　可愛いですね」

途端に機嫌を持ち直した明日華を見て、仕方なさそうに実樹也は肩を竦めた。

「おい、呼ぶなよ？」

「じゃあ、実樹也さんって呼ぶので、今度、子どもの頃の写真を見せてくださいね」

見合いの緊張から解き放たれて、すっかりいつもの調子が戻る。怒られるのでは、失望されるのではとびくびくしていたため、肩の荷が下りた気分だ。

「わかったわかった」

「私たちの婚約祝いってことで、とりあえず乾杯でもしましょうか」

色のついたガラスで造られた徳利《とつくり》を手にするが、それを奪われる。

「車で来てるからな。お前は飲めるんだろ？　ほら」

「ありがとうございます」

お猪口《ちょこ》に日本酒を注がれて、実樹也もウーロン茶の入ったグラスを掲げた。

彼がちょうど飲んだタイミングで、明日華も酒を口に含む。

「あ、美味しい」

「せっかくだから食べるか」

グラスを置いた実樹也が箸を持つ。

「そうですね。安心したらお腹《なか》が空きました」

「さっきまでひどい顔してたな。〝怒られる、どうしよう〟って顔に書いてあったぞ」

「仕方ないじゃないですか……部長にとんでもない迷惑をかけると思ったら、生きた心地がしなかったんですよ」

「明日華。部長、じゃないだろう」

「あ……実樹也さん、でした。いただきます」

明日華は箸を持って、目の前に並ぶ色鮮やかな料理に手をつけた。

「お前は着物も似合うよな。入ってきたときに驚いたよ、あまりに綺麗で」

実樹也は箸を進めながら、明日華の着ている着物をじっと見つめてくる。

見合いだからと母に着せられた一張羅だ。

正絹の友禅《ゆうぜん》染めで、白を基調とした丹後《たんご》ちりめん生地に鮮やかな赤と茶で花車《はなぐるま》が描かれている。西陣《にしじん》織の袋帯は金色の七宝《しっぽう》文様が織り込まれたものでとても優美だ。

「ありがとうございます。でも、綺麗とか普段言わないのに」

好きな人に褒められるという初めての経験に、胸がおかしな音を立てた。父や母に綺麗だと言われるのとはまったく違う。恥ずかしくて、嬉しくて、まともに彼を見られなくなる。

「部下に言うわけがない。今は恋人で、婚約者だろう」

明日華には交際経験がほとんどない。でも、恋人同士が普段どんな会話をするかさえよくわかっていなくとも、実樹也が歩み寄ってくれているのだけは理解できる。

父は母に一目惚《ひとめぼ》れだったようだが、母は結婚してから父を好きになったと言っていた。それで両親は上手くいっている。そういう結婚もあるのだろう。今はまだ気持ちの差が大きくとも、自分たちも両親のようになれればいい。

「恋人って言ってくれるの、嬉しいです」

彼の相手にしては経験不足だが、これからはこの想いを隠さずにいられるのだと思うと、それだけで嬉しかった。苦しい片思いは無駄ではなかったし、諦めなくてよかったと思える。

緩む頬を押さえながらも素直に口に出すと、実樹也は飲んでいたウーロン茶を喉に詰まらせたような顔をして、こちらを凝視した。

「……お前と話してると、俺の調子が狂う」

実樹也はグラスをテーブルに置き、おもむろに立ち上がった。彼はジャケットを腕に掛け、明日華の方に近づいてくる。

「実樹也さん？」

「食べ終わっただろ。お見合いらしく、庭でも歩こうじゃないか」

手を差しだされて、おずおずと手のひらを掴《つか》むと、ゆっくりと引っ張り上げられた。明日華が立ち上がっても手はそのままだ。

「手、繋《つな》いでくれるんですか？」

繋いだ手を見つめ、これが恋人同士かと感動しつつ、やはり思ったままに言葉にしてしまう。

「だからお前は俺をなんだと思ってるんだ。婚約者なんだから手くらい繋ぐだろう」

「違います。ただ、いやいやしたお見合いなのに、優しくしてくれるから、嬉しくて」

「いやいやだったら、そもそもここには来ていないと気づけよ」

強く手を握られて、胸がきゅっと詰まった。

（いやいやじゃ、ないの？）

明日華が軽く彼の手を握り返すと、真剣な眼差しで見つめられる。

（少しくらいは、可能性があるのかな）

実樹也から目を離せずにいると、繋いだ手と反対側の手が頬に触れた。長く一緒に働いてきたが、こんな風に触れられたのは初めてだ。

「顔が赤いのは酔ってるからか？」

「……ち、違います」

「へぇ」

実樹也は揶揄《からか》うような楽しげな声を出す。

なにかを察したのだろう、繋いだ手に指を絡められた。

「実樹也さんって女たらしですよね」

「ひどいな」

「ひどいのは実樹也さんです。私、あまり男性に慣れてないんですから、揶揄わないでください」

実は高校時代に交際経験が一度だけある。ただ、経験と言えるほどのものでもなく、互いに友人以上にはなれないとすぐに気づき、一週間も経たずに破局した。元彼、とも言えないその彼——紫《し》門《もん》とは、今でも親友として付き合いがあった。

「男に慣れてないなんて言うな。俺を喜ばせるだけだぞ」

「実樹也さんだけだって言ったら、喜んでくれるんですか?」

明日華が率直に聞くと、笑みだけで答えが返された。

彼に支えられながら草履に足を通して、料亭を出る。明日華が歩く速度に合わせてくれているのだろう。彼の歩幅は小さかった。

「転ぶなよ」

「大丈夫です」

庭園はかなり広く、まるで森林にいるような気分にさせられる。木々が初夏の日射《ひざ》しを遮り、風が火照った頬を撫でた。清流を眺めながら橋を渡り、何匹もの鯉が泳ぐ池の周りを歩く。

「そういえば、今回のお見合いの件、実樹也さんのご両親もご存じなんですよね」

「ん、あぁ、そりゃあな」

「戸波にお婿に来るのは反対されないんですか?」

「親の会社のことでか?」

明日華は頷いた。

実樹也は葛城食品社長の長男だ。

葛城食品と言えば、乳製品の製造、販売を行う大企業だ。彼は身内の会社ではなく、どうしてか戸波に入社した。

「父がどう説明してお見合いを勧めたのかを聞いていないので」

「両親は反対していない。姉が副社長の地位に就いているから、親の会社に行くつもりもないしな。

うちの両親も俺が戸波に入社した時点で、それは承諾してくれている」

「そうですか……今は女性社長も珍しくありませんものね。なら、よかったです。一度ご挨拶に伺わせてください」

「わかった、予定を確認しておく。その前にデートだな」

「デート！　してくれるんですか？」

前のめりになって聞くと、噴きだすように「どこに行きたい？」と返された。

「ハイキングとか、温泉とか……あっ、あと美味しいご飯を食べて癒やされたいです」

ビュッフェも行ってみたいし、買い物もいいなと指折り数えながらあれこれと候補を挙げると、彼がスマートフォンにメモする。その間も手は繋がれたままだった。

「温泉か……そういえば、明日華は一人暮らしか？」

「いえ、実家ですよ」

一人暮らしをした経験はあるのだが、思っていた以上にやりくりも家事も大変で、メリットがあまり感じられず、すぐに実家に戻ってしまったのだ。

賃貸ではなく父が持っている物件に住むように勧められたのも、明日華の一人暮らしが失敗に終わると、両親に想像されていたからだろう。

わかっていたなら初めから教えてくれればいいのに、と思うことも多々あるが、とりあえずやってみればいい、という両親の教えのおかげで自由にさせてもらっているから文句も言えない。

「門限は？」

「いい大人ですから、遅くなると連絡すれば問題ありません」

「そうか、わかった」

「どこがいいでしょうか。あ、旅行も行きたいな」

実樹也とやりたいこと、したいことがありすぎて、つい独り言がこぼれる。

「旅行、いいな。家のことから解放されるし」

「実樹也さんは、一人暮らしですか？」

所帯じみた言葉が気に掛かり尋ねると、彼は当然のように頷いた。

「あぁ、一人暮らし歴は長いぞ」

「実樹也さんのお家にもお邪魔したいです」

明日華が目を輝かせて言うと、彼は一度考え「今度な」と明日華の頭に手を置いた。

「実樹也さんはどこに行きたいですか？」

「俺は、お前と過ごせればどこでもいいよ」

言葉の中に、仕事のときとは違う甘さが含まれているのに気づくと、まだ慣れない明日華は嬉しさと恥ずかしさで動揺してしまう。それを誤魔化すように、ことさら明るい声を出す。

「じゃあ、一回目のデートはハイキングがいいです！」

「いいよ。じゃあ、俺が車を出すから。長瀞《ながとろ》方面でいいか。いい時期だしな」

「はい、嬉しい」

思わず顔を綻ばせると、微笑ましげに見つめられる。

「歩きやすい靴で来いよ？」

「わかってますよ」

デートの約束をしたあと、車で来ているという実樹也に家まで送ってもらった。

車内でも、彼が意識して態度を変えてくれているのは伝わってきた。それを自分に対して恋愛感情が芽生えたからだなんて勘違いはしない。

たとえ自分が実樹也にとって条件のいい相手だから選ばれたのだとしても。まだ明日華に恋愛感情を持てなかったとしても。

好きな人と結婚できることがどれほど幸運か。この五年、実らない片思いに胸を焦がし続けていた明日華には、痛いほどよくわかっている。

この見合いがなければ、実樹也との婚約は叶わなかった。たとえ彼の気持ちがどうであれ好きな人の妻になれるのだ。今はそれでいい。

第二章

実樹也との見合いから数日が経ったゴールデンウィーク最終日。

明日華は、親友たちとの約束のため、都内某所にあるホテルを訪れていた。今日は、胸の下で切り返しのあるレース素材の黒いワンピースに、黄色のクラッチバッグを合わせている。

ここは戸波本社とも近く、会社帰りの食事にもよく訪れる。ホテルの高層階には会員制高級サロンがあり、父が会員のため明日華は家族会員としてカフェ代わりによく利用していた。

ちなみに実樹也と女性の姿を二度目撃したのもこのホテルだ。思い出すと、やや複雑な気持ちになるが、それはもう過去のことだ。

明日華がフロントを通り過ぎエレベーターホールに向かって歩いていると、どこか見覚えのある女性が、ソファーに腰かけた男性の前に立っていた。

女性は男性と待ち合わせをしていたのだろう。座っていた男性が立ち上がり腕を差しだすと、女性が身を預けるように寄り添った。

目鼻立ちが際立って整いすぎているためか、きつく見えるものの、艶のある長い髪をオリーブベージュに染め、毛先を巻いたスタイルはかなり人の目を引く。

ドレスは、身体《からだ》のラインがはっきりと出る繊細な刺繍《ししゅう》が入れられており、レースのチュールが重ねられているため上品な印象だ。深みのあるグリーンのドレスを見事に着こなしている。

(あ、この人って)

以前に見たときと髪色が変わっているため、すぐには気づかなかったが、実樹也と一緒に歩いていた女性だと気づく。当時、実樹也が愛する相手はどんな女性なのだろうと嫉妬に駆られてじっくり顔を見たため、間違いない。

(一緒にいる人は、新しい恋人なのかな)

女性の隣に立つ男性を目の端で捉えながら、安堵《あんど》の息をつく。実樹也を疑っていたわけではないが、本当に交際は終わっていたようだ。

腕を取られている男性は、女性と並んでいても遜色のない美形だが、どこか軽薄な印象だ。既製品ではないスーツを身につけているものの、服に着せられている感が否めないと思ってしまうのは、男性の話し方に粗野な印象があるからかもしれない。

「お～すげぇホテル。やっぱ金持ってんねぇ。スイートルームとか泊まっちゃう？」

なにより女性と腕を組んでエスコートしているにもかかわらず、事務的だと感じる。優しげな笑顔を浮かべてはいるが、その目にはなんの熱も籠もっていない。

「あなたとスイートはないわ。でも、それなりの部屋を取ってあげたわよ。早く行きましょ」

女性は男性の腕に絡みつきながら、隣を見上げた。

「りょ～か～い。ね、このあと店に来るよね？」

女性からの熱っぽい目を向けられている男性は、その視線を受け流して聞いた。客とどこかの店員という関係なのだろうか。恋人ではないのかと彼らの関係性が気にはなったものの、聞けるはずもない。

「もちろんよ」

そう話す彼らは、明日華の少し前を歩きながらエレベーターホールへ向かった。

「腹減ったな〜。ね、ルームサービス頼んでいい？」

「仕方ないわね。お酒は向こうで頼んだ方がいいんでしょう？」

「そうしてくれる？　最高〜大好きだよ」

「食事だけで終わらせないでよ？」

「わかってるって」

エレベーターホールで立ち止まると、すぐ後ろに明日華がいるにもかかわらず、女性は男性の頬に口づけた。ちゅっと音が立ち、男性の頬に赤いあとが残った。

(うわぁ、すごい。こんなところでキスしちゃうの？)

明日華が思わず顔を赤くすると、後ろにいる明日華に気づいた女性が勝ち誇った顔をする。もしかして一人でいるのを哀れまれたのだろうか。

(この人が実樹也さんの元恋人だったのかもしれないって思うと、ちょっと複雑)

たしかに美人ではあるが、実樹也の女性を見る目を疑ってしまう。恋愛経験が不足しているからなのか、明日華にはこの女性の魅力がわからない。どうしてお似合いだと思っていたのだろう。

（この人に実樹也さんはもったいない）

いずれにしても、もう過去のことだ。明日華は彼らと同じエレベーターに乗り込むと、サロンのある三十階のボタンを押した。

女性たちが降りるのは十階だったため、明日華がボタンの前に立つと、背後から驚いたような声が聞こえてくる。

「へぇ～三十階に泊まんの？　すげぇ～」

背後から男の声が聞こえる。しかし、独り言のようなものだと判断した明日華は、ちらりと背後を振り返るに留《とど》めて、視線を戻した。

「どうせ一生に一度の記念とかでしょう！　ちょっと！　一緒にいるときに、ほかの女を見るなんて失礼なんじゃないの！」

明日華に対しても失礼極まりない言葉だが、彼らのケンカに巻き込まれたくない。明日華は聞こえないふりをした。

「え～でもさ、この子、めっちゃ高そうなバッグ持ってるじゃん。それにさっきちらっと見たけど、すげえ美人だった。ね、ちょっとこっち向いてよ、お姉さん」

（勘弁してよ……）

ため息をつきたい気分で手に持っていたクラッチバッグをさっと前に隠す。だが、明日華をもてはやすような男のセリフが気に食わなかったのか、女性が男の腕を振り払った。

「……もういいわ」

「え、なになに突然、どうしたの？」

「うるさい！　もういいって言ってるの。帰りなさい！」

男性が気遣うように声をかけるものの、女性の怒りは収まらない。

明日華は、まったく関係ない自分を巻き込むのはやめてほしいと思いつつ、我関せずでエレベーターのドアが開くのを待った。

「も～俺はあなたが一番だってば。そんなに怒ってたら美人が台無しだよ。ほら、笑って笑って」

「やっぱり気分じゃなくなったわ！　店にも行かないから！」

「それはないよ、ここまで付き合ってるんだからさぁ。サービスするよ？　俺、なんでも言うこと聞いてあげてるじゃん」

「気分じゃなくなったって言ってるじゃない！　しつこいのよ！」

「ちょっと待って！」

女性は男性の制止の声も聞かず、十階で開いたドアから降りていく。

男性も女性のあとを追いかけるようにしてエレベーターを降りていくが「いつまであの女の相手しなきゃなんねぇんだよ」という声が、舌打ちと共に聞こえてきた。

エレベーターのドアが閉まり、先ほどまでの騒々しさがうそのようにシンと静まりかえる。ようやく落ち着きを取り戻し、明日華も三十階でエレベーターを降りた。

エレベーターホールを抜けた先にサロンのフロントがある。フロントでスタッフにカードを出せば、その先への出入りが可能となるのだ。

フロントの先にはラウンジがあり、重厚感のある木を基調とした内装に、深みのある青の絨毯《じゅうたん》が敷かれ、中央にはグランドピアノが置かれている。その奥にはいくつかのレストランが入っており、客層故か個室が多かった。

明日華は友人を待つ間、ラウンジのソファーに座り、飲み物を頼む。

ラウンジの大きな窓からは都心のビル群が一望できるが、無い物ねだりでしかないとわかっていても、排気ガスで霞《かす》んだ空に浮かぶ無機質なビル群よりも、川のせせらぎを聞きながら遠くの山を眺める方が贅沢《ぜいたく》に感じてしまう。

早速運ばれてきた紅茶のカップに手をつけた。バッグからスマートフォンを取りだし、時間を確認すると、待ち合わせまではあと十五分ほどある。

そのとき、明日華の手の中でスマートフォンが短く震えてメッセージの受信を知らせた。

てっきり待ち合わせ相手である中条《なかじょう》紫門か、芦屋葵央《あしやきお》のどちらかだとばかり思っていたが、メッセージを読み、頬が緩む。

(お見合いから三日しか経ってないのに、恋人って感じ)

メッセージには、実樹也の両親との顔合わせは来月頭くらいになりそうだと書かれていた。

次の土曜日に会う約束をしているし、そのときでもいいのに、彼はこうして毎日なにかしら連絡をくれる。てっきりもっと事務的な交際になると予想していた明日華は、いい意味で想像を裏切られて嬉しいばかりだ。

上司と部下でしかなかった頃は、当然、プライベートで連絡を取ったことは一度もない。会社と私用のスマートフォンは別だし、彼のプライベートの連絡先さえ知らなかった。

営業部に女性社員が少ないのも理由にあるが、飲み会でも席は自然と男女に分かれてしまっていて、実樹也と話すタイミングは仕事以外にほとんどなかった。だから、休日にもかかわらずこうして毎日彼と連絡が取れるだけで〝恋人らしい〟と思ってしまう。

（紫門と付き合ってたときは友だちの延長でしかなかったし、比べようもないんだけど、実樹也さんは私をちゃんと大事にしてくれてるのよね）

紫門と葵央とは高校時代の同級生だ。なんとなく馬が合い三人で遊ぶようになった。

冗談交じりに紫門から「付き合ってみないか」と告白されたのは高校二年の頃。

紫門のことは嫌いじゃなかったし、それまで恋人の一人もいなかった明日華は、それも経験かとＯＫの返事をした。

だが、その交際は残念ながら一週間経たずに終わることになる。

自分も紫門も、いざ交際が始まっても、友人から男と女にはなれなかったのだ。手さえ繋げず、二人して「なんか違うね」と首を傾《かし》げ、結局すぐに友人に戻った。そのネタでいまだに葵央には爆笑されているが、明日華にとっても紫門にとっても〝黒歴史〟である。

昔から活発で、女友達と部屋でおしゃべりをするよりも、男友達と外で遊び回る方が多かった明日華は、紫門との一件以来、交際に慎重になっており、告白をされても頷いたこともなかった。

自分が恋を知る日はいつになるのだろうと思いつつも焦りがなかったのは、家族もいて友人にも恵まれていたからだろう。

（それなのに、実樹也さんには呆気《あっけ》なく落ちちゃったんだもんね）

二十三歳で初恋を知り、まさかその相手と婚約するなんて思ってもみなかったが、人生なにがあるかわからないものである。

明日華が短く震えたスマートフォンに再度視線を落とすと、今度こそ待ち合わせ相手の紫門から『着いた』という連絡だった。

サロン内にあるレストランに向かう旨をスタッフに告げると、ちょうど葵央と紫門がやって来るところだった。

明日華が軽く手を振り、それに気づいた葵央が晴れやかな笑顔を浮かべて手を振り返す。

「お待たせ。あれ、もしかして私たち遅れちゃった？」

朗らかで快活な葵央は、その性格が見た目にもよく出ている。茶色く染めたショートヘア。場所がホテルのためドレスコードに引っかかるような格好ではないが、黒のトップスとパンツに、ショッキングピンクのバッグを持っている。

「ううん、ちょっと早めに来てたの。行こう」

「あぁ」

父親がアメリカ人の紫門は、日本人離れした見た目と体格だ。なにを着てもブランド物に見えてしまうのは、彼の立ち居振る舞いが上品だからかもしれない。

今日の彼は紺のシャツに黒のジャケット、黒のパンツというスタイルだった。

予約していたフランス料理店に行くと個室に通された。室内は広く、余裕のある造りになっている。煌《きら》びやかな内装に明るい照明、中央には四人がけのテーブル。

腰を落ち着け、前菜、スープ、メインにデザートという軽いコースとドリンクを頼んだ。

「どうしてか今日もまた被ったね」

紫門の言葉に葵央と顔を見合わせて笑う。

示し合わせたわけでもないのに、皆が皆、黒っぽい格好をしている。高校時代から食事や服や雑貨の好みが三人とも似ており、それがきっかけで仲良くなったのだ。

「たしかにね」

「明日華のバッグ可愛いね」

「葵央もそのバッグ新しいよね？　初めて見た」

「ふふ、いいでしょ。旦那様からの誕生日プレゼント」

葵央は得意気に笑いながら、バッグを軽く持ち上げた。

「いいな～」

「可愛いでしょ？　お揃《そろ》いにする？」

「バッグまで同じにするのか」

紫門が揶揄うようにそう言って、噴きだした。ちょうどタイミング良く飲み物と前菜が運ばれてくる。会話が一度止まり、各々グラスに口をつけた。

「そういえば明日華から報告があるって話だったけど、なにかあった？」

向かいに座る紫門は、グラスを傾けながら明日華に視線を向けた。

「そうなの。実は私ね、結婚するの」

今日はその報告のために二人を呼んだのだ。二人には、実樹也に片思いをしてからずっと恋愛相談に乗ってもらっていた。だから一番に報告しようと思っていた。

「え、結婚？　もう部長はいいの？　まさか政略結婚じゃないわよね？」

葵央が案じるような声で言った。

明日華たち三人が通っていた学園は、いわゆる富裕層の子どもたちが通う名門校である。政略結婚という言葉は悪いが、父が明日華に持ちかけたように、条件のいい見合いで結婚を決める女性もいなくはない。

「その葛城部長とお見合いしたんだ」

明日華が言うと、葵央は両手を口元に当てて、紫門は目を見開いた。紫門は口に運ぼうとしていたグラスをその手前でぴたりと止めて、テーブルに戻す。

「うそでしょ！」

「……驚いた」

葵央と紫門がそれぞれ言った。驚かせることに成功した明日華は、実樹也と見合いに至った経緯を聞かせた。

「……つまり、それって、向こうも明日華のことが好きだったってこと？」

「まさか、それはない。嫌われてはいないと思うけどね」

結婚しようと言われただけで、好きだとは言われていない。それに、直接仕事を教えてもらっていたときも、自分が彼の特別だと感じたことはなかった。

「なら、どうして部長は結婚を受け入れたの？」

「わからないけど、社長の娘である私と結婚すれば、出世の足がかりになる……って考えたんじゃないかな。元々私は部下で、知らない相手じゃないのもよかったのかもね」

葵央はそういうことかと納得したように軽く頷いた。

「でもね、案外上手くいくんじゃないかなって思ってるの。結婚するまでに好きになってくれていたらいいし、結婚してからだって時間はあるしね」

「出たわ……そのポジティブさ。見習いたい」

見習いたいと言いながらも、葵央は呆れたような顔をする。葵央は夫と相思相愛で結婚したため、恋愛感情のない結婚が理解できないのだろう。

「明日華はそれでいいの？」

紫門が心配そうな顔で首を傾げた。

「いいに決まってる。だって、好きな人と結婚できるんだから」

明日華は当然だと頷いた。実樹也が自分に恋愛感情がなかろうと結婚に迷いはない。

片思いをしている五年、どうして彼に選ばれたのが自分じゃないのかと、ずっと悔しかった。

好きな人が自分を好きになり、その人と結婚できる確率はどれほどのものだろう。明日華はこのチャンスと幸運を絶対に逃したくはなかった。

「でも俺、その部長には恋人がいるって前に聞いた気がするんだけど。女連れでここのホテルに入るところを見たって言ってなかった？」

紫門の言葉に先ほど見た女性の姿を思い出す。

彼女と交際していた過去があったとしても、今はもう関係ない。

「たぶん前の恋人だと思う。私が見たの何年か前だし。今は誰とも付き合ってないって言ってたから」

「そう……ならいいけどさ」

紫門はどこか納得いかないような表情をしていたが、明日華の結婚の意思が固いと踏んでか、それ以上はなにも言わなかった。

「大丈夫。ちゃんと大事にされてるって思うから」

毎日、連絡を取り合い、他愛ない話をしながら、明日華を知ろうとしてくれている。彼が明日華を愛するための努力をしてくれていると、知れたから。

見合いの日に実樹也と手を繋いだ感触は、いまだに明日華の中に残っている。思い出すたびに、もうただの上司と部下ではないのだと感じられる。

「明日華は人を見る目があるからね。明日華がそう言うなら上手くいくんじゃない？　紫門も心配しすぎはよくない。人のことより自分のことよ。あなたの相手も明日華に探してもらった方がいいかもしれないわよ」

「それは言うなって」

常日頃から、自分は恋愛に向いていない、と言う紫門は、様々な女性と関係を持っているが、特定の相手を作ったことはない。記憶にある限り、明日華との交際だけだ。

彼曰《いわ》く、身体の関係を持った女性とデートをするより、明日華と葵央と喋《しゃべ》っている方が楽しいというのだから、相手の女性にも失礼である。

「探そうか？」

「勘弁して」

明日華がにやりと笑って言うと、紫門は心底うんざりした顔をしたのだった。

第三章

東京《とうきょう》都世田谷《せたがや》区内の高級住宅街の一角にある戸波家は、洋風の二階建て住宅だ。石積みの塀の一角に門があり、門と反対側にはシャッターの下りたガレージがある。門を潜《くぐ》ると、邸宅まで真っ直ぐに伸びた石畳の横に、手入れのされた庭が広がっている。

明日華は、実樹也からそろそろ着くという連絡をもらったあと、リュックサックを背負って家を出た。時刻はまだ朝の七時過ぎで、仕事に行くよりも早い時間である。

ほどなくして、一台のＳＵＶが目の前の道路にゆっくりと停《と》まった。有名なオフローダーで、先日、見合いの際に彼が乗っていた車とは違う。

運転席に実樹也が座っているのを見て、明日華は助手席の横で会釈をする。ロックが外れる音がして助手席のドアを開けると、中は思っていたよりも広かった。セカンドシートの後ろは畳まれており、ラゲージスペースにはたくさんの物が積まれている。

「おはようございます」

「おはよう。乗って」

「はい、この車もかっこいいですね」

「それなりに年数は経ってるけどな。気に入ってる。あ、コンソールボックスに飲み物が入ってるから、喉が渇いたら好きに取っていいぞ」

「私もコーヒー持ってきちゃいました。いりますか?」

「悪いな。じゃあ、そこに入れておいて」

「はーい」

明日華はビニール袋から缶コーヒーを取りだしカップホルダーに置いた。シートベルトを締めると車はすぐに出発する。

「晴れていてよかったですね」

「その分、暑いぞ。大丈夫か?」

「もちろん。日焼け対策もばっちりです」

今日の明日華は半袖Tシャツにデニム、スニーカーという出で立《い》ちだ。キャップもリュックに入っている。彼もそう変わらない。先日の見合いを除けば、プライベートで顔を合わせたことがないため、ラフな格好は新鮮だ。

「そういう格好も似合うな」

「実樹也さんも。スーツもかっこいいですけどね」

車は都道を通り、関越《かんえつ》自動車道で秩父《ちちぶ》方面へと進んだ。一時間ほどで高速道路を降りると視界が広がったような錯覚を覚えるのは、高い建物がなく空を近くに感じるからだろう。

しばらく国道を進んでいくと、遠くに見えていた山がずいぶんと近くなる。

この辺りはハイキングコースにもなっているようで、こぢんまりとした木造の駅近くには登山客が多数歩いていた。

「ロープウェイもあるがどうする？　ハイキングコースを歩いて登ることもできるぞ。山頂までは一時間くらいか」

「今日はがっつり歩く気分で来ましたので、ハイキングコースに行きましょう。お昼ご飯を買って山頂で食べたいです！」

「じゃあ、神社にお参りをしてから行くか」

「あ、でも実樹也さんが疲れてなかったらで大丈夫ですよ」

「俺も歩くつもりで来てる。最近、運動不足だからな」

そうこう言ううちに、秩父鉄道を横目にいくつかの駅を通り過ぎていき、ようやく目的地に辿り着いた。と言っても明日華は助手席に乗っていただけだが。

麓《ふもと》にある駐車場に入っていくと、登山客がロープウェイ乗り場と登山道へと別れる。明日華たちは車から降りると、登山道へと足を進めて一時間ほどかけて山頂へ登った。

「着いた～！」

多くの観光客に交じり、遠くの連山と街並みを眺めた。実樹也も両腕を上げて伸びをしながら、日に焼けて赤くなった額を腕で拭う。

「人多いですね。シート持ってきましたから、ご飯はその辺で食べません？」

「用意がいいな」

頭の上に手をぽんと置かれて、赤くなりそうな顔を誤魔化すべく、シートを敷く場所を探した。人が集まっていないスペースに四人用のシートを敷き、リュックを下ろす。

「途中の階段がきつかったですね」

「まぁな、ほら水分補給」

「ありがとうございます」

リュックから取りだしたペットボトルを手渡される。それを受け取りキャップを開けて飲むと、疲れた身体に水分が行き渡っていくような感覚がする。

ペットボトルのキャップを閉めて、疲労を感じるふくらはぎを手で揉《も》んでいると、彼の手が伸びてきた。

「足こっちに寄越せ。揉んでやる」

「え？　ちょっ……」

伸ばしていた足を取られて、くすぐったさに足先がぴくりと震えた。

「くすぐったいですっ！　あはは、ちょっと、待って」

「自分で揉むより人にやってもらう方が気持ちいいだろ？」

なんとなく過去を感じさせるその言葉を聞き、一瞬、あの女性の姿が脳裏を過り、笑いが収まる。

聡い彼が明日華のその反応に気付かないはずもない。

「気持ち良くないか？」

「ん～いいです、けど」

彼は明日華の足首を大きな手のひらで軽く握り、手のひらを押し上げていく。くすぐったさは最初だけで、慣れてしまうとたしかに気持ちいい。

「けど、なんだよ」

恋人でもない限り、こんな風には触れあわない。実樹也さんがあの人に、なんてそんな生々しい想像をしてしまった。そして、それを黙っていられる性分でもない。

「昔の彼女さんに同じことをしたのかなって」

実樹也は手の動きをぴたりと止めて、明日華を見た。誤魔化そうと思っているような表情ではないが、いやな記憶を思い出したような顔で首を振る。

「まさか」

実樹也はため息交じりにそう告げ、眉根を寄せた。

明日華に対して怒っているわけではなさそうだが、やや硬くなった実樹也の雰囲気が気に掛かる。

しかし、どうかしたのかと聞く前に足に触れていた手が離れていき、強引に話を変えられた。

「……そういえば明日華は一人っ子だよな？」

実樹也は、明日華の隣に腰を下ろした。

荷物を置いているため座るところが限られており、それなりに距離は近い。

「はい、一人っ子です」

「っぽいよな。明日華のマイペースさに社長が振り回されてるんじゃないか？」

「お父さんに私が振り回されてるんです。あ、でもなんでも好きなようにさせてくれましたね。私、小さい頃結構活発で、男の子に交じって木登りとかしてたんですけど『女の子なんだから』って怒られたことは一度もないですし、習い事も好きなだけやって、飽きたらやめてよかったんですよね。就職のときも戸波に入れとも言われなくて」

大切に育てられたのは間違いないが、明日華はお嬢様のわりに逞《たくま》しい。

「やりたいようにやらせてくれた？」

「そうですね。ただ、両親とも、失敗して学び、自分で考えなさいというタイプなので、たとえば登った木から下りられなくなっても、助けてって言うまで放置されましたし。ほらお見合いの日だって、さっさと帰ったでしょう？」

見合いが上手くいったと報告したときも、父はあとは二人で決めなさいと言うだけだった。

実樹也は見合いの日を思い出したのか、あぁと頷き、微《かす》かに笑った。

「社長の気持ちはわかる。俺も部下にはそうしているからな」

「そういえば私、いつも実樹也さんに『助けてください』って泣きついてましたね」

明日華は入社して一年で、実樹也が担当していた大口案件の一つを任されることになったのだが、しょっちゅう実樹也に教えを乞うていた覚えがある。

近づきがたさはあったものの、仕事を始めてみれば、厳しくも優しい人だと気づくのに時間はかからなかった。

何度聞いても面倒くさがらずに丁寧に教えてくれるから、若い世代の社員は皆、実樹也を信頼できる上司だと思っているのだ。

そういうところは父に似ているかもしれない、と思う。

「そうだったな。でも最近は仕事中に頼られることもなくなった」

「当然です。入社して五年も経つのに、頼り切りじゃまずいでしょう？」

「なにかあったら相談しろよ」

「はい」

入社時から変わらないその優しさが嬉しくて、何度、好きだと思ったかわからない。

「あ、話は違うんですけど、ご挨拶に伺う前に、実樹也さんのご家族についても教えてください。たしかお姉さんがいらっしゃるんですすよね？　二人きょうだいでしたっけ？」

見合いの日は、互いの家族構成の話さえしなかったのだ。元々顔見知りであったため、当然、実樹也の身上書すらもらっていない。

「あぁ、一歳上の姉がいる」

「どんなお姉さんなんですか？　私、きょうだいって憧れてるんですよね！」

「べつに……普通だな」

「普通？」

それを言葉通りに受け取ることはできなかった。なぜなら、明日華になにかあると思わせるには十分なほど、彼の口調が忌々しげだったからだ。

（お姉さんと、仲が悪いのかな）

実樹也はそれきり口を噤《つぐ》んでしまった。明日華もそれ以上聞いていいかわからず窺《うかが》うように見つめるしかない。

すると実樹也の瞳が迷うように揺れて、ややあって口が開かれる。

「悪い……実は、姉が苦手なんだよ」

実樹也は決まりが悪そうに、汗に濡《ぬ》れた髪をガシガシとかき回した。

「だから、葛城食品じゃなくて戸波を受けた」

「そうなんですか……」

実樹也は遠くの景色を見つめ、黙ったまま眉を寄せていた。それ以上なにも語らないところを見る限り、どうやら姉の話は終わりということらしい。

彼の纏《まと》う空気が若干張り詰めたのを感じて、明日華は仕方なく話題の転換を図った。

「あの……実樹也さんって、誰とでも人付き合いをスマートにこなしていると思っていたので意外です」

自分は一人っ子だから羨ましく思うが、反りの合わないきょうだいもいるだろう。けれど、営業部であれだけ手腕を発揮している彼を知っている明日華からすると、それは驚きだった。

「スマートに？　それはお前の方だろう」

「え、私ですか？」

「入社した頃は、辛いってすぐに泣きついてくると思ってたよ」

「あぁ」

腰かけだのと皮肉を込めて言われていた頃が懐かしい。

「可愛がられるタイプだよな。特に年上の女性に」

「あはは、そうかも。人の懐に入り込むのはそれなりに得意です」

営業部に配属になり、明日華の事務仕事を教えてくれたのは派遣社員の女性だった。しかし、彼女からは毎日のように『楽して正社員になれるんだからいいわよね』『これで私より高い給料をもらってるんだから羨ましい』と皮肉を言われていたのだ。

おそらくその女性も、明日華がコネ入社だという噂《うわさ》を信じていたのだろう。

その派遣社員が契約解除となり、明日華に事務仕事の引き継ぎをしてくれる人がいなくなったとき、実樹也の指示で明日華の隣の席に来てくれたのが、物言いが厳しすぎて周囲に敬遠されている五十代の女性社員だった。

取っつきにくさはあったものの、明日華が積極的に話しかけているうちに、その女性がぽつぽつと言葉を返してくれるようになった。その後、彼女が実はただの人見知りなだけだと知り、今ではお菓子を交換し、おしゃべりする仲である。

「お前は裏表がないから人に好かれるんだろうな。そうやって俺の懐にも入り込んだわけだ」

実樹也はなにかを思い出したように口の端を上げた。

「明日華」

「はい？」

ふいに腕が伸ばされ、後ろで一つ結びにした髪を優しく掴まれた。

彼の指が髪にするりと通される。

「あの……急にどうしたんですか？」

「ん～髪、触り心地が良さそうだと思ってたから。柔らかくて気持ちいいな。いやか？」

遠慮がちに髪に触れる手や、自分を見つめる実樹也の目にある種の熱が籠もっているように見えるのは気のせいだろうか。

「いやじゃないです、けど」

ドキドキして、声が震えないようにするのが精一杯だった。

すると、手を取られて、実樹也の頭にのせられる。

「あの？」

「ほら」

触ってみろと視線で言われて、明日華はそっと手を動かした。彼の髪は太くて硬い。自分の細く柔らかい髪とはまるで違う。

「私と全然違いますね」

彼は手に取った明日華の髪に鼻先を近づけた。

「な？　それにお前の髪はいい匂いがする」

「もう……汗をかいてるので嗅がないでください」

汗だくの状態で好きな人に匂いを嗅がれるという羞恥に耐えきれず、実樹也から離れようとするが、それを引き止めるように手を重ねられた。

「手……」

「強引にいかないと、先に進めなさそうだから」

彼はそう言って明日華の手に指を絡ませたまま、ごろんと寝転がった。手を引かれて明日華も実樹也の隣に寝転がる羽目になる。

(先に進めなそうって……進む気があるってことよね)

先とは当然、身体の関係を含めてのことだろう。考えなかったわけではない。片思いしていたときだって、経験がないながらに想像はした。手を繋いだら、キスをしたら、と。

(わ……近い……っ)

すぐ横を見て、思った以上に近い距離感に鼓動が跳ね上がる。

繋いだ手がじっとりと汗ばんでくるような気がして、落ち着かない。

離してほしいのに、離されたらきっと寂しい。そんな恥ずかしいような嬉しいような心地の中、なるべく隣を意識せずに遠くの山並みを眺めるが、無理だった。

(肩とか腕とか、がっしりしてる。私と、全然違う)

隣り合う腕と腕の太さも長さもまるで違う。腰の位置も足の長さも。実樹也に抱き締められたら、自分などすっぽりと覆われてしまうだろう。そんな想像をしてしまい、顔が熱くなる。

「……実樹也さん」

身体ごと横を向くと、今まで以上に距離が近くなる。もう少しだけ近くに寄っても大丈夫だろうか。口の中にたまった唾を呑み込み、繋いだ手をきゅっと握る。

呼びかけられた実樹也が顔だけをこちらに向けた。彼の口が開き、なにかを呟《つぶや》こうとした瞬間、きゅるきゅると明日華の腹が情けない音を立てた。

「〜〜〜っ！」

「ぶっ、くくっ」

「笑わないでください！」

明日華は恥ずかしさに頬を染めた。見合いのときも思ったが、彼は意外と笑い上戸らしい。これが会社では見せない実樹也の素なのだろう。

それを見られる関係になったのだと実感しつつも、好きな人に腹の音を聞かれて嬉しいはずもなかった。

「おま……っ、いい雰囲気を台無しにするなよ」

いい雰囲気だと実樹也も思ってくれていたらしい。雰囲気をぶち壊したのは明日華だ。仕方ないかと嘆息しながら彼から手を離す。

すると彼は勢いよく身体を起こし、買ってきた昼食をガサガサと漁った。ウェットティッシュで手を拭き、おにぎりのパッケージを破ると、明日華の口元に持ってくる。

「まぁいいや。ほら、腹減っただろ」

「……ありがとうございます」

明日華はおにぎりを一口食べながらも、つい実樹也を睨みつけてしまう。

「不服そうにしてるが、お前のせいだからな？」

彼はまだ笑いが収まっていないのか、肩を揺らしていた。

「だって……っ、恥ずかしいんです。忘れてください」

「忘れないよ。可愛かったからな」

「やっぱり、女たらしですね」

実樹也は苦笑しながら顔だけをこちらに寄せてきた。キスをされるのではと身構えた明日華がぎゅっと目を瞑《つむ》ると、耳元で囁《ささや》くような笑い声が聞こえてくる。

「こんなところでするかよ。今度、二人っきりのときにな。お前がそういう意味でもちゃんと期待してくれていてよかったって、言いたかっただけだ」

「そ、そういう意味でもって」

「触りたいの、俺だけかと思ってた」

実樹也が自分に触れたいと思ってくれている。そのことに安堵しているのは明日華の方だ。恋愛の駆け引きなんて上手にできないし、ただ素直にぶつかっていくしかなかったが、彼に好かれている自信はまったくなかった。

「触りたいって、思ってくれてたんですね」

「当たり前だろう」

これはかなり期待大なのではないだろうか。触れたいと思うくらい、好意を寄せてくれているのだ。その感情が、いつか本当の恋になる日も来るかもしれない。

「そんな顔するな」

縋《すが》るような目を向けると、頬に彼の唇が触れた。思わず周囲を見るが、登山客たちは山頂からの写真を撮ることに夢中で、こちらに意識が向いていない。

「もう一回、言ってほしいです」

夢ではない、聞き間違いではないと確かめたかった。

実樹也のTシャツをそっと掴みながら見上げると、突然両脇を掴まれて、引きずるようにして彼の足の間に座らされる。背後から抱き締められるような体勢に動揺していると、実樹也の顔が間近にあった。

「お前ね、可愛い顔して俺を誘うなよ。触りたいに決まってるだろ。運動して多少発散してなかったらすぐにでも押し倒してるぞ。外でよかったな」

「さ、誘ってませんっ！　もう、そういうこと言わないでください！」

明日華が顔を真っ赤に染めて反論すると、笑いをこらえたような声で実樹也が続けた。

「もう一回言えって言ったのはお前だろう」

「そうですけどっ」

「プライベートの俺を知って、幻滅したか？」

「しませんよ……驚いてはいますけど。よく爆笑するし、揶揄うし、ちょっと意地悪だし。会社ではネコを被っていたんですね」

「お前が裏表なさすぎなんだよ。だいたいみんなそういうもんだろ」

「そうでしょうか」

「会社での俺の方がいい？」

「いえ、ちょっとエッチで困るけど、たくさん笑ってくれる実樹也さんの方がいいです」

可愛い顔をしてとか、押し倒すという言葉に驚きはするものの、いやではない。そういう意味で自分を見てくれていたと思うと、嬉しささえある。

「そうかよ。俺も、お前が笑ってる方がいいな」

「え……っ？」

実樹也は前に回した腕の力を強めて、脇の辺りをくすぐってくる。びくりと身体が震えて身悶《みもだ》えるが、足の間にしっかりと挟まってしまっているため、身動きが取れない。

「ひゃ、あ……っ、待って、なにするんですか……あはは っ」

「笑わせてやろうかと思って」

脇に挟まった手が小刻みに揺らされると、全身がぞわぞわする。

「待って、あははっ、ちょ、どこ触って」

身を捩《よじ》って彼の手から逃れようとして、身体がどんどんずり落ちていく。脇をくすぐっていた実樹也の手がふいに乳房に触れて、互いにぴたりと動きを止めた。

「悪い」

「……いえ」

体勢を立て直そうとすると、ずり落ちた分だけ引き戻される。

「ほら、さっさと食おう。まだ歩くんだろ？」

雰囲気を変えるように言われて、ようやく手に持っていたおにぎりに意識が向く。一口食べただけで全然食事が進んでいない。

明日華はおにぎりを食べ進めながら、ペットボトルに手を伸ばした。実樹也がキャップを開けて手渡してくれる。

「ありがとうございます」

食事を終えて、腹休めにシートに寝転がる。肩と肩が触れあっていても動揺せずに済んだのは、食事の間中ずっと背後から抱き締められていたからだろう。

先ほどのような甘ったるい空気にはならず、安堵しつつも寂しい気持ちになった。

「じゃあ、また駐車場まで歩くか。ロープウェイで下りなくて大丈夫か？」

「まだまだ元気ですよ！　歩きましょ」

シートに置いたリュックサックを背負い、シートを軽く手で払って片付けた。マッサージしてもらったからだろうか。足に疲れはない。

明日華たちは、別のハイキングコースを通り二時間以上かけて下山する。

下り坂の方が地味にきつく、やっぱりロープウェイで下りればよかったと言いたくなったが、かなりいい運動になった。行きとは別のコースで下りたため、そこからさらに一時間近くかけて麓の駐車場まで戻ってくる。

軽食を摂り始めたのが十時過ぎだったが、すでに十四時を回っている。

「はぁ～疲れた～！　でも楽しかった～！」

明日華は車のドアに手を突き、項垂《うなだ》れた。

「明日は筋肉痛だな、動けるか？」

「なんとか……」

「マッサージしてやろうか？」

「くすぐられるからいやです！」

「そう言うな」

くっくっと声を立てながら笑われて、ようやく車に乗り込んだ。

「車でちょっと休んでからでもいいですよ？」

帰りも運転があるのに大丈夫だろうかと思い尋ねる。実樹也は疲れた顔を見せないが、トータルで四時間以上歩いたし、トイレ休憩以外まったく休んでいない。

「そこまで疲れてないよ」

「体力ありすぎじゃないですか？」

明日華は助手席に座るなりあくびが漏れた。

「お前が体力なさすぎなんだよ」

「えぇ、男の人と比べられても」

「それもそうだな。じゃあ寝てろ」

キャップを脱ぐと、頭の上にぽんと手を置かれた。彼は前を向いたままだが、行きよりも明日華に触れる手つきに遠慮がない。それに気づき頬が緩む。

「寝ませんよ」

彼はエンジンをかけると、オーディオのボタンを押してラジオを流す。

寝ないと宣言したのに、心地いいラジオパーソナリティーの声を聞いているうちに、いつの間にか深く寝入ってしまっていた。


デートから二週間。

明日華は外回りから会社に戻る途中、駅ビルに入っているカフェに寄った。ちょうど昼時ということもあり店内は混雑しているが、すぐに二人席に案内される。

クラブハウスサンドと飲み物を注文し、ビジネスバッグに入れた手帳を取りだす。

(午後は外出予定はないし……たまってる事務仕事を終わらせないと)

明日華は仕事の予定を確認し、先に運ばれてきたアイスティーに口をつけた。駅を出てすぐにジャケットは脱いでいる。五月下旬にもなると、外回りが辛くなるほどの暑さだ。

車で行けるところならまだいいが、明日華が担当しているのは新宿《しんじゅく》、渋谷《しぶや》のディスカウントショップでその多くに駐車場はない。

電車移動の方が小回りが利くし、渋滞に巻き込まれる心配もないのだが、毎年、夏が近づいてくると、暑さにだけは辟易《へきえき》としてしまう。

(あとで日焼け止めスプレーしなきゃ)

そう待たずに運ばれてきたサンドウィッチに手をつけた。行儀が悪いとわかっているが、つい食べながらスマートフォンでメッセージやSNSのチェックをしてしまう。

（あ、実樹也さんからだ）

メッセージの内容は、夜に電話する、というものだった。彼は今日午後から営業先に赴く予定で、ちょうど明日華と入れ違いになるため、会社で顔を合わせない。

（本当にマメな人だなぁ）

だから、仕事もできるのか、と妙に納得してしまう。

電話だとつい仕事の話になってしまう明日華の話をさりげなく逸らし、次のデートの話題や、最近流行《はや》っている店の話に誘導してくれる。「今の時間は上司じゃなくて恋人だぞ」そう言って、明日華のオンオフのスイッチを切り替えてくる。

さすが辣腕営業マンと言いたくなるほど人心掌握に長《た》けている彼からすれば、男性との交際経験がほぼない明日華との交際なんて、取引先の新規開拓よりも容易《たやす》いに違いない。

自分ばかりが好きなようで悔しいが、いずれ彼を振り向かせてみせると、孤軍奮闘している。

（振り向かせるどころか、手のひらで転がされてる感が否めないけど……）

実樹也は恋愛経験のない自分にペースを合わせてくれている。明日華はそれを少々もどかしく思ってしまっていた。

デートをしても手を繋ぐ程度の触れあいしかない。ハイキングでの頬へのキスが奇跡に思えるほど、節度を持ったお付き合いだ。

困ることに、実樹也と会っていると好きな気持ちが止められないのだ。プライベートの顔を見せられるたびに、次はいつ触れてくれるだろうと、次はキスくらいはするのかと期待してしまう。

元々彼が好きで、さらに抱き締められる感覚を知ってしまった明日華が、それを物足りなく思うのは当然だった。

(片思いの頃に比べたら幸せな悩みね)

最後のサンドウィッチを食べ終えて、アイスティーを飲んでいると、空いた隣の席に二人組の女性客が座った。彼女らはすぐにパスタを注文し、話に夢中になる。

聞くつもりなどないが、隣の席の会話はいやでも耳に入ってくる。さっさと飲んで会社に戻ろうかと席を立とうとすると、女性客の口から思いがけない言葉が聞こえて、上げかけた腰を戻す。

「ダメ元でね、告白したの。葛城部長……やっぱり付き合ってる人いるみたい」

「恋人って本人がそう言ったの？」

「そうよ、まぁ最初からわかっていたけどね」

女性客の一人はため息交じりに漏らした。どうやら彼女たちは戸波の社員だったらしい。

告白された実樹也が自分との交際を言ったのかもしれない。そう想像していた明日華は、ほんの少しの優越感からくる動揺を誤魔化すように、アイスティーを手に取った。しかし、その直後に女性が発した言葉でグラスを持っていた手を止める。

「相手は噂になってる女の人？」

「えぇ、たぶん。芸能人みたいに綺麗だし目立つ人だからすぐわかるわ。うちの会社近くのホテルの常連みたいよ。何週間か前にも見たって人がいたし」

女性の言葉を聞き、浮き立っていた気持ちがしゅるしゅると萎《しぼ》んでいく。何週間か前ならば、明日華との見合いの直前ではないか。

(わりと最近まで、付き合ってたんだ)

明日華が女性と歩く実樹也を見たのは二度ほど。新入社員の頃に一回、二年ほど前に一回。最近まで交際関係にあったとしたら、二人の付き合いはそれなりに長く、深かったはずだ。

今は明日華と交際しているとはいえ、そんな相手を忘れるのは簡単ではないだろう。

それにあの人は、自分と違い愛されて選ばれたのだ。そう思うと、過去のことだと割り切っていたはずなのに、気が沈む。

「私も一度だけ見たわ。派手なお金持ちって感じの女性。上流階級にいる人って、やっぱり相手にもそういうのを求めるのかしらね」

「並んでいるところを見たら、私なんてお呼びじゃないって感じよ」

「もう〜卑屈にならないで。そんなことないわよ」

話が変わったのを見計らって、明日華は伝票を手に席を立った。

このもやもやとした気持ちは、彼と身体を重ねればなくなるのだろうか。彼女とは何度キスをしたのか、何度身体を重ねたのか。聞けば傷つくとわかっていながら、実樹也を問い質《ただ》したい気持ちになってしまっている。

(愛されてないって知ってるから、羨ましく思うのかもね)

あの人に実樹也はもったいないと思ったのも、嫉妬だったのかもしれない。

(実樹也さんは結婚相手に私を選んでくれた。触りたいって言ってくれた。何年付き合っていたかは関係ない。私たちはおじいちゃんおばあちゃんになるまで一緒にいる)

そう自分に言い聞かせるように、脳裏に幸せな夫婦像を描いた。

彼の過去の女性と張り合ったところでどうしようもない。悔しさはなくならないけれど、これから先の長い時間を二人で過ごすようになれば不安はなくなるだろう。

明日華は会計を済ませると店を出て、化粧室へ向かった。

化粧室でスプレータイプの日焼け止めを顔に吹きかけていると、バッグの中でスマートフォンが長く振動する。

(実樹也さんかな)

メッセージを入れたため、その返事かもしれない。

明日華は手早くスプレーをバッグにしまい化粧室を出ると、邪魔にならないように壁に寄りかかりスマートフォンを取りだした。その間も振動は続いている。どうやら着信のようだ。

画面を見ると番号は表示されているものの、名前はなかった。

(あれ、違う。誰だろう……？)

「……はい？」

『いつまで待たせる気なの？』

訝しみつつも着信に出ると、怒ったような女性の声が聞こえてきて驚いた。その声になんとなく聞き覚えがあったが、思い出せない。

咄嗟《とっさ》に言葉を返せずにいると、相手の女性が続ける。

『父親の権力を使って見合いを強要するようなお嬢様だものね……常識知らずでも仕方がないわ』

独り言のようでしっかり明日華に聞かせるつもりなのか、女性はこれ見よがしにため息をつく。

名乗りもせずに皮肉を言う女性に覚えはないが、明日華の立場や見合いについて知っているということは、相当近しい関係者だろう。

「あの、どちら様でしょうか？」

『あぁ……名乗ってなかったかしら？　葛城食品の副社長、葛城菫《すみれ》よ』

「副社長……実樹也さんのお姉様でいらっしゃいますか？」

『ええ』

実樹也が苦手だという姉だ。

実樹也から聞いてはいたが、姉について話すとき、彼がどうして苦虫を噛《か》み潰したような顔をするのか、この一分にも満たないやり取りでわかったような気がした。

「初めまして、戸波明日華と申します」

とりあえず先ほどの〝父親の権力を使って見合いを強要するようなお嬢様〟の部分は流して挨拶をするが、彼女の方は流すつもりがなかったようだ。

『ねぇあなた、恥ずかしくないの？　いくら実樹也が好きだからって、父親に頼んで男を手に入れるなんて』

菫はそう言いながら、明日華をバカにするようにくすくすと笑い声を立てた。

「そんなことはしていません」

『うちの父から聞いたわ。戸波の社長から、実樹也があなたとの見合いを打診されたって。実樹也の立場じゃ断れなかったでしょうね』

明日華も最初はそう考えていた。けれど、彼の態度を見ていると、自分に恋愛感情を抱いてはいないだろうが、いやいや婚約者になったとは思えない。

「お互いに納得して婚約することになりましたので」

暗にあなたに言われることではないと返すと、明日華の冷静な対応が腹立たしかったのか、電話の向こうから舌打ちが聞こえてくる。

『……話が通じないわね。あいつ顔だけはいいから、いい男を侍《はべ》らせたいあなたの気持ちもわからないでもないわ。でもね、愛のない結婚なんて虚《むな》しいだけよ。悪いことは言わないから、婚約を破棄しなさい』

結婚を強要されていると勘違いし、姉として実樹也を助けるために明日華に連絡を取ったのだろうか。そう思うも、彼女の言葉に実樹也を案じる雰囲気はなかった。

「本当に実樹也さんと話し合って決めたことなんです」

『実樹也があなたを選ぶわけがないじゃないのっ！』

耳元から、菫のつんざくような甲高い声が聞こえてくる。

「選ぶわけがないって……」

耳障りなその声に明日華の眉が寄る。

顔を合わせたこともない相手にそんな風に言われる筋合いはない。

『せっかく親切でわざわざ電話をしてあげたっていうのに。後悔する前に婚約をなかったことにした方がいいわよ』

「後悔する？　どういう意味ですか？」

『ふふ、そのうちわかるわ。私ならなんとでもできるの。そうならないことを祈ってるわ。ま、あなたがさっさと実樹也と別れてくれればいいだけよ』

菫はことさらゆっくりと言葉を紡いだ。彼女がなにを考えているかはわからないが、なにか企《たくら》みがあるような言い方だ。

『あ、そうだわ。社長の娘が父親の権力を使って結婚を命令したって広めるのもいいかもしれないわね。ほら、こういうネタってすぐに炎上するじゃない？』

「……事実ではありませんから」

『なに言ってるの。事実でしかないじゃないの。実樹也は結婚なんて望んでないわ。あなた、実樹也からアプローチでもされてたわけ？』

明日華が見合いを強要したと信じているのであれば、菫が憤る気持ちもわかるが、それにしても彼女の態度は常軌を逸しているように感じる。実樹也に執着しているような。

「そうではありませんが……」

『ほらね』

勝ち誇ったような口調に苛立《いらだ》ちを覚えるが、傍《はた》から見れば、菫の言うとおり、父親の権力を笠《かさ》に見合いを強要したお嬢様だ。そうではないと証明する手立てはなかった。

『それにね、あなたのためでもあるのよ？』

「私のため？」

『昔っからあいつは私には絶対に逆らわないの。私が一番なのよ。結婚したところで、あなたは二番にしかなれないの』

「はっ？」

『わかったら、さっさと別れなさい。私はそう気が長くないわ』

明日華がどういう意味かと聞く前にぷつりと電話が切れた。


――昔っからあいつは私には絶対に逆らわないの。


そんな話が本当だとは思えない。

しかし、姉についての話を振ったときの実樹也は、どこかおかしかった。あのときは、これ以上は話したくないとばかりに会話を打ち切られてしまった。

(聞いても……話してくれないかな)

なにか事情があるのかとも思うが、無理に聞ける話でもない。

恋人になって少しは彼を知ったつもりになっていたが、考えてもみれば彼に姉がいることも初めてのデートで知った。プライベートのことは、まだほとんど知らないのだ。

（付き合ったばかりだし、ぐだぐだ考えても仕方がないか……）

実樹也の姉である菫に結婚を反対されているのはショックだし、選ぶわけがないという言葉も気に掛かるが、彼の姉を非難しているようで、こちらからは聞きにくい。

それに、自分たちはまだそこまでの信頼関係を築けていない。どこまでプライベートに踏み込んでいいか、わからないのだ。

明日華はため息を漏らし、スマートフォンをバッグにしまったのだった。

会社に戻る途中も、明日華の頭の中は先ほどの電話のことでいっぱいだった。会社のロビーに着き、ぼんやりとエレベーターを待っていると、到着したエレベーターから、実樹也が降りてきた。ちょうど外出するところなのだろう。

どういう顔をしていいかわからず、明日華は顔を強張《こわば》らせてしまう。すると、実樹也が顎をしゃくり、明日華を呼んだ。

「戸波、ちょっといいか？」

「はい」

実樹也は、エレベーターホールからやや離れたところにある打ち合わせ用ソファーに腰を下ろした。明日華は実樹也の正面に腰かける。

「お疲れ様です。これから外出ですよね？　時間は大丈夫ですか？」

「あぁ、少しはな。で、営業先でなにかあったのか？」

「え？」

「落ち込んだ顔をしながら帰ってきたら、そう思うだろうが」

そこまで顔に出ていただろうかと、明日華は表情を引き締めた。会社で菫の件を問い質すわけにもいかず、曖昧に笑みをこぼす。

「いえ、特に問題はなかったです。次回のキャンペーンの案内と説明だけですから」

「そうか、ならいいが」

明日華が仕事でなにかミスをして落ち込んでいると思ったのだろうか。自分のちょっとした表情の変化を気に掛けてくれたのだと知り、胸が温かくなる。

上司と部下としての距離感は当然あるが、婚約者だからだと思うのは、うぬぼれではないはずだ。

「仕事じゃなくても、なにかあったらちゃんと相談しろよ」

「はい」

新人の頃から変わらない、落ち着いた、少し冷たくも感じる話し方。けれど、その声の中には、ほんの少しの甘さが混じっている。それは以前にはなかったものだ。

(結婚を望んでないなんて……うそだよ)

愛情を向けられていなくとも、これは実樹也自身が望んだ婚約だ。

ただ、なにか事情があるのなら話してほしいとは思う。彼の信用をそこまで得られていないことがもどかしい。

(昔の恋人なら、違うのかもしれないけど)

上司と部下としてやってきたとはいえ、自分たちの関係はまだ浅い。そんな風に焦ったところで、彼の気持ちが自分に向くわけではないし、急に距離が縮まるわけでもないのに。

「やっぱり、なにかあったのか?」

「いえっ、ちょっと食べすぎちゃって」

明日華が誤魔化すように言うと、実樹也は納得がいかないような顔をしていたが、腕時計を見てソファーから立ち上がった。

「時間だ、そろそろ出る」

「はい、お気をつけて」

「……夜、電話する」

実樹也はほかの誰にも聞こえない小さな声でぼそりと言うと、背を向けて歩いていった。

今の明日華にできることは、彼が話してくれるのを待つだけ。

だとしても、構わない。恋人がいるとわかっていても、明日華は彼の隣に立つことをずっと望み続けてきたのだ。彼の姉になにを言われても、実樹也との婚約破棄なんて絶対にしない。

明日華は彼への気持ちを再確認しながら、実樹也を見送ったのだった。


それから数日後。

「これから結婚する相手の姉がそれって最悪だな」

明日華は紫門に誘われ、会社帰りにホテルの会員制サロンへ足を運んでいた。葵央は旦那様とのデートの予定があり来られないらしい。旦那様優先の葵央抜きで食事に行くことも珍しくない。

サロン内にある寿司《すし》店はカウンターのみで、明日華は紫門と並んで座り、箸を進めた。

紫門には、先日、実樹也の姉から突然連絡があった件を話した。実樹也と電話をしていても相変わらず姉の話題はいっさい出ないから、それを含め誰かに聞いてほしかった。

ただ、菫の態度は許容できないにしても、明日華を悪し様《あざま》に言う気持ちは、わからないでもないのだ。

「まぁ……ちょっと仲良くなれそうにはないかなと思ったけど、そもそもお父さんが強引に進めたお見合いがなければ、今頃まだ上司と部下だったはずなの。『父親の権力を笠に着て見合いを強要する』っていうのも間違ってないよね。実樹也さんは断れずにお見合いを受けることになったんだし……」

「だとしても、明日華との婚約を決めたのは本人だろう。どうして姉がしゃしゃり出てくる？　しかも明日華を脅すようなことまで言ったんだよね？」

明日華は箸を置き、頷いた。菫がなにをする気なのかはわからなかったが、なんとでもできると言っていた。それに、偽りの噂話を広めるとも。父には迷惑をかけたくないが、菫がなんらかの行動を起こすようだったら相談しなくてはならないだろう。

「それ、婚約者に相談した？」

「……してない」

明日華は気まずさから目を逸らし、お茶を啜《すす》った。

「どうして？」

「そこまで踏み込んで来ないでほしいって」

「言われたの？」

紫門の目が鋭く細まった。

明日華は緩く首を振り、小さくため息を漏らす。

「そう……感じただけ。ちょっとお姉さんの話はしにくいの。だから、彼が話してくれるのを待とうと思って」

明日華が言うと、紫門は舌打ちをし、珍しく苛立った声をあげた。

「なんだよ、それ」

「婚約者だからって、なんでも話さなきゃいけないわけじゃないでしょ？」

本当は菫と彼の間になにがあったのかを聞きたい。けれど、話すら拒絶するような実樹也の顔を思い出すと、なかなか踏み込めなかった。

「紫門は恋人になんでも話してた？　隠してることはなかったの？」

「それは……」

明日華の言葉に紫門が口ごもった。

「でも、結婚したら、その女が義姉《あね》になるんだよ？」

明日華もそこは懸念している。家族になる以上、彼の姉とまったく関わらないわけにもいかない。しかも早々に誤解を解かねば面倒なことになりそうだ。

「俺はさ、明日華には幸せになってほしいんだよね……俺じゃ、無理だったからさ」

「無理だったって、なに言ってるの。それに、好きな人と恋人になれただけで、私は幸せだよ」

まるで、自分が幸せにしたかった、とでも言いたげだが、互いに恋愛感情を持てなかったのだから仕方がない。その代わり一生付き合える友人になれたのだから。

「あ、そうだ。この間ね、実樹也さんと初めてデートしたの。写真見る？」

明日華はしんみりした空気を変えるように話を逸らした。

「ハイキング行ったんだっけ？　ずいぶん健全なデートだよね」

「女の人とホテルにしか行かない紫門と一緒にしないで。普通でしょ」

「山でちょっとくらい進展した？」

そう聞かれて、頬にキスされたことや、触りたいと言われたことを思い出し、明日華は頬を真っ赤に染めた。

「なにもないっ」

「へぇ、キスくらいはしたんだ？」

明日華の反応はわかりやすすぎたのか、紫門に次々と言い当てられてしまう。

慌ててスマートフォンを弄っていた明日華の耳には、紫門の口から無意識にこぼれた舌打ちは届かなかった。

実樹也と撮った写真を表示させ紫門に見せた。二人で撮った写真はたった一枚だけだ。明日華のスマートフォンを覗き込んだ紫門は、なにかに気づいたように頭を捻った。

「この男……」

紫門は、実樹也の写真を見て驚き、戸惑ったような顔をした。指先を口元に当てて、なにか考え込むような表情をする。

「紫門？」

明日華が呼びかけると、紫門は我に返ったような顔をして、取り繕った笑みを見せた。

「あ、ごめん、なんでもない。どこかで見たことがあるような気がしただけ。たぶん気のせいだけど」

「実樹也さんほどの美形なら、会ってたら忘れないんじゃない？」

明日華が得意気に言うと、紫門は呆れたように目を細めた。

「それは明日華だけ。興味のない男の顔なんてすぐ忘れるよ」

「それもそっか」

ふふっと小さく笑うと、隣に座る彼がどこか眩《まぶ》しそうな顔をした。

「はぁ～でも話を聞いてもらえてよかった。あまり彼のお姉さんを悪く言いたくなかったけど、ずっともやもやしてたから。ありがとね」

「いや、俺でよかったらいつでも聞くよ。恋人とケンカしたときも相談に乗ってあげる」

「ケンカなんてしません」

「だといいね」

にやりと笑われて、明日華は唇を尖《とが》らせる。

きっといろいろな恋愛の経験があるだろう紫門に達観したように言われると、不安になるではないか。

第四章

六月に入り、ジメジメとした梅雨《つゆ》がやってきた。

前日までは曇り空が続いていたのに、あいにく今日は朝から小雨が降っている。

明日華が家の前で待っていると、見合いの日に見た車がハザードランプをつけて停車した。

「おはよう」

「おはようございます」

助手席に乗り込み、雨が入り込む前にすぐにドアを閉める。

実樹也に渡した手土産は後部座席に置かれた。

「近くですし、歩きでよかったんですよ？」

シートベルトを締めるとすぐに車が発進する。

「足下が濡れるだろ」

実樹也の実家の住所を聞いて驚いた。明日華の家からそう離れていなかったのだ。歩いても三十分かからない距離だから、幼い頃の生活圏は同じだったはずだ。

「母さんがようやく明日華と会えるってかなり浮かれてるから、趣味で作ったコースターとか押しつけられるかもしれないけど、断っていいぞ」

「断りませんよ。お母様に気に入っていただけるように頑張りますね」

「そのままの明日華でいい。挨拶はそこそこにしてデートしよう」

「挨拶がそこそこじゃだめです」

明日華が噴きだすように言うと、彼は肩を竦めた。

「今日、お姉さんはいらっしゃらないんでしたよね？」

あれから何度かさりげなく菫の話を振ってみたが、やはりあまり姉の話はしたくないようで、詳しくは聞けていない。結局、菫から電話があった件も話せていないままだ。

「あぁ、あまり家にいるのは好きじゃない人でな」

「そうですか」

明日華がほっとしつつ言うと、その話はそこで終わりとばかりに、彼が「そろそろ着くぞ」と言った。

「本当に近いですね。小さい頃にどこかですれ違っていたかもしれませんね」

「あり得るな。俺もお前の家を聞いて驚いたから」

「幼稚園が一緒だったりして」

「一緒でも年齢差的に被ってないだろう」

「あ～そっか。小さい頃に一緒に過ごしてたら運命的なものを感じません？」

「そんな偶然があったらおもしろいな」

他愛ない話をしながら、駅から住宅街に入り、五分も走らないうちに車が停まった。広い一軒家の開けたカースペースには二台車が置けるようだ。

実樹也は、ハイキングで乗ったSUVの隣に自分の車を入れた。

玄関先でチャイムを鳴らすと、中からはすぐに応答がありドアが開けられる。

「いらっしゃい。明日華さんね、会いたかったわ〜！」

目の前には、優しげな面立ちの女性が立っていた。おそらく実樹也の母だろう。明日華は玄関先で頭を下げて、挨拶を済ませる。

「初めまして、戸波明日華と申します」

「ご丁寧にありがとうね。実樹也の母です。どうぞ上がって」

実樹也の母は、侑子《ゆうこ》と名乗った。話し方はおっとりしていて、電話での菫の話し方とまったく重ならない。

雰囲気から、侑子が自分たちの結婚に反対していなさそうだと感じ、胸を撫で下ろす。

「お邪魔します」

靴を揃えて上がると、侑子が先を歩き、実樹也、明日華と続く。

「母さん、これ明日華から」

「お気遣いありがとう。今、お茶を淹《い》れるわね。座って待っていて」

「お構いなく」

リビングに足を踏み入れると、深みのある木の大きな棚が目に入る。棚には侑子の趣味なのか、編み物の本が置かれており、手作りと思われる編みぐるみが飾られていた。ソファーやテーブル、至るところに手織り物がある。どれも初夏らしい爽やかな色合いだ。

中央には厚手のラグが敷かれており、その上に真四角のローテーブルが置かれている。

壁に掛けられたテレビが観《み》られるような形で、二人用と三人用のソファーが配置されていた。

ソファーに座っていると、キッチンに立った侑子がトレイにグラスを載せて運んでくる。実樹也がそれを受け取った。

「これ、素敵なコースターですね。お母様のご趣味だと実樹也さんから聞きました」

目の前のテーブルに置かれたコースターは、売り物でもおかしくないくらい精緻な柄に編まれている。実樹也に聞いてはいたが、正直、もっと手作り感のあるものを想像していた。

明日華が感嘆の声を上げると、侑子が嬉しそうに微笑んだ。

「そうなの。家にいるのも暇でね、なにか趣味をと思って始めたらはまっちゃって。たくさんあるのよ。よかったら持って帰る？」

「よろしいんですか？」

「もらってくれるなら嬉しいわ。菫も実樹也も、こういうのにまったく興味がなくってね」

「実樹也さんと結婚したら、新居で使わせていただきます」

明日華が言うと、思い出したとばかりに侑子が手を叩《たた》いた。

「そうそう！　あなたたち、結婚式はいつ頃にするの？」

「式の話は父さんにもしようと思ってたんだが、いないのか？　予定を確認したときは大丈夫だと言っていたはずだぞ」

実樹也が尋ねると、侑子は顔を曇らせてため息をついた。

「そうなのよ……結納の日も決めなきゃならないのに、どうしても外せない仕事があるって朝から出かけてるの。でも、あなたたちが来ることはわかっているはずだから、そろそろ帰ってくるんじゃないかしら」

侑子はそう言って壁に掛かっている時計を見上げた。そのとき、タイミングを見計らったように実樹也のスマートフォンに着信が入る。

「噂をすれば父さんからだ……はい……え？」

隣で電話に出た実樹也は、驚いたような声を上げてソファーから立ち上がった。もしかしたら明日華には聞かせられない話なのかもしれない。

「やっぱりか……それなら仕方がないだろう。なにかあったらまた教えてくれ。あぁ……彼女には説明しておく。それより……もうあの人に甘い顔をするのをやめた方がいい」

実樹也は真剣な声色で話をすると、ややあって通話を終えた。

あの人とは誰だろうと気になったものの、戻ってきた実樹也に聞ける雰囲気ではない。

「悪い、明日華。父は帰って来られないようだ。近いうちに必ずと言っていた」

「明日華さん、本当にごめんなさいね。菫も仕事かしらね。いっつもどこかほっつき歩いてるんだから」

「いいえ、お母様と会えましたし気になさらないでください」

「私はいつも時間を持て余してるから、明日華さんがたまに話し相手になってくれると嬉しいわ。夫も菫も仕事仕事ってそればかりなの」

「わぁ、ぜひ。うちの父も仕事大好き人間なので、お気持ちはわかります」

「あら戸波社長もなの？　家族としては身体を壊さないか心配よね。うちの人はもう七十になるし。菫に譲って引退を考えてもいいと思うんだけど」

たしか実樹也とは年子だと聞いていたから、菫は今、三十三歳のはずだ。その歳で副社長の地位にいるのなら相当優秀に違いないと思っていたが、あの態度を知った今は、むしろ彼女がトップになって大丈夫かと心配になる。

カレンダーを眺めながら結納にいい日を何日か決め、あとは明日華の両親に予定の確認をすることとなった。

まだ式場探しも始めていないが、早くとも式は来年の四月と考えている。そんな話をしていると、会話が途切れたタイミングで侑子が口を開いた。

「それにしても、まさか実樹也が戸波のお嬢さんと結婚することになるなんて思ってもみなかったわ。運命的なものを感じるわよね～」

侑子はなにかを思い出すように笑い、実樹也と明日華を見つめた。

「私をご存じだったんですか？」

「えぇ、そうなの。でも、実際に会ったのは今日が初めて。小さい頃に、実樹也と明日華さんは何度か顔を合わせているはずよ」

どういうことだろうと明日華は実樹也と顔を見合わせて首を傾げた。どうやら実樹也もなんのことかわからないらしい。

「小さい頃？」

実樹也が聞くと、侑子はまるでいたずらが成功したときのように笑って言葉を続けた。彼女の目は明日華の方を向いている。

「明日華さんのお祖父様《じい》が、昔、この辺りに住んでいたでしょう？」

「えぇ、近くに住んでいたとは聞いています」

祖父は祖母が亡くなってから家を売り、老人ホームへ引っ越したが、それまでは実家近くに暮らしていた。もしかして、その頃に実樹也と顔を合わせていたのだろうか。

しかし残念ながら明日華の記憶にはない。

「うちの義父と友人だったみたいよ。明日華さんのお祖父様が幼いあなたを連れて、義父の家に遊びにきていたんですって。そのときに実樹也と会ってるの」

「そうなんですか……すみません、全然覚えてなくて」

「いいのいいの！」

明日華が首を傾げているのがわかったのか、侑子はけらけらと笑いながら手を顔の前で振った。

実樹也の祖父母はすでに亡くなっているようだが、明日華のことも実樹也と同じく本当の孫のように可愛がっていたという。

意外なところで実樹也と繋がっていたと知り、心が弾んだ。偶然会っていたらそれこそ運命的な出会いだと思っていたが、まさか実樹也の祖父の家で一緒に過ごしたことがあったとは。

「覚えてなくて当然よ。明日華さんはまだ幼稚園の年少さんくらいだったと聞いているもの」

侑子の言葉に、隣に座る実樹也が反応する。「年少」という呟きが聞こえて、そちらに目を向けると、実樹也は明日華の顔をしみじみと見つめた。

「なんとなく思い出した。俺のこと〝みっくん〟って呼んでたの、あれ明日華か。どうりで」

実樹也はそう言うと、声を立てて笑いだした。

そう言われても明日華の記憶にはない。実樹也を〝みっくん〟と呼んでいた相手が、自分であるという事実に驚くと共に、幼い頃から変わっていない己の思考に唖然《あぜん》とさせられる。

(まさか……クマのみっくんって)

幼い頃、実樹也の名前から取ったのでは、と考えて頬が熱くなる。よくよく思い出してみれば、幼稚園の頃からずっと一緒に寝ていたと母が言っていた。

記憶にはないが、おそらく自分は彼にかなり懐いていたに違いない。

「懐かしいな」

納得顔で頷きながら、愛《いと》おしそうな目で見つめられて、明日華の頬に熱が籠もった。

(どうして今、そんな顔をするの……っ)

触れたいと言ったときと同じ目だ。

明日華は拗ねたふりをして、動揺で赤くなりそうな頬を咄嗟に隠す。

「私だけ思い出せないなんてずるいです」

「仕方ないだろ。それにしてもお前、全然変わってないな。みっくん呼びも」

指で軽く額を突かれて、そこを押さえた。そんな自分たちのやり取りを微笑ましそうに見つめていた侑子が立ち上がり、壁際に置いてある棚からなにかを取りだした。

「写真があるわよ。見る？」

「見たいです！」

実樹也の祖父は写真が趣味だったようだ。

特に気に入った写真だけを現像しアルバムに収めていたという。

「わぁ～実樹也さん、可愛い。なんだか私、偉そうじゃありません？」

写真は数枚しかなかったが、たしかに自分たち二人が写っていた。

幼い実樹也の隣に立っている明日華が、なぜか偉そうにふんぞり返っている。そんな明日華を見つめる実樹也は仕方ないな、という顔をしていた。

「あ、これお姉さんですか？」

菫の小学校の卒業式だろう。菫を挟んで、実樹也と彼の両親が立っていた。菫は両親とも実樹也ともあまり似ていないが、かなり整った顔をしている。大人になった今は、どれだけの美人になっているだろう。

「あぁ」

「すごい綺麗な人ですね」

「それだけが取り柄だからな」

「もう実樹也ってば、いつもそんな風に言うんだから。ちょっとわがままに育ってしまったけど、可愛いところもあるのよ」

侑子はため息をつき、アルバムを閉じた。

わがままに育ったというレベルではないのでは、とは言えなかった。

「そろそろ俺たちは帰るよ」

時刻を見れば、すでに昼を回っている。

あまり長居をしても迷惑だろうと明日華も頷いた。

「えぇ、もう？　ご飯を食べていけばいいのに」

「今度な」

残念そうに言う侑子に「また来ます」と声をかけて、葛城家をあとにした。


車に乗り込み、都心に向かった。

いつの間にか雨は上がり、曇天から晴れ間が見えている。

「そういえば、お父様のお仕事は大丈夫だったんですか？」

「あぁ、父が顔を出せなくて悪かったな。ちょっとバタバタしているみたいだ」

実樹也は詳しく語らなかった。家族とはいえ別の会社で働く息子に内部情報をおいそれと漏らせはしないだろう。もし彼がなにか事情を聞いていたとしても、戸波の社長を父に持つ明日華にそれを話せるとは思えない。

「そうですか」

「それより、昼は、前に行ってみたいって言ってたホテルのビュッフェにするか？」

「行きたいです！」

明日華が顔を輝かせると、実樹也はホテルに向けてハンドルを切った。

休日ともありホテル内のレストランは非常に混雑していた。カップルや友人、家族連れが多く、ビュッフェコーナーには人だかりができている。

初めてのビュッフェに目を輝かせた明日華は周囲をきょろきょろと見回す。

「ビュッフェって一度も来たことがなくて。自分で料理を取りにいくんですよね」

「スイーツビュッフェとか好きそうなのにな」

「行ってみたいと思ってたんですけど、甘いものってそんなにたくさんは食べられないですし、どうなのかと」

「まぁな、俺も少しでいい」

実樹也はくつくつと笑いながらそう言った。

二人でいくつかの料理を皿に載せて、テーブルに運んだ。

なんとなく慌ただしい感じがするのは、周囲の客が皿を手に立ち歩いているからだろうか。大量に並べられた料理から自分で盛りつけるのは楽しいが、取りすぎてしまいそうだ。

ふと、このあとはどうするのだろうかと考えて、しかしさすがに明日華からそれを問うことはできなかった。もし泊まっていこうと誘われたら……そんな想像をして顔が熱くなる。

「どうした？　一人百面相してるぞ」

「なんでもありません……そういえば式場の見学はどうします？」

話を変えてなんとか平静を保つものの、頭の片隅に芽生えた期待はなかなか消えてくれない。交際を始めて一ヶ月、キスくらいはそろそろいいのではないかと思うものの、恋愛面は経験不足すぎて、彼にお任せするしかない。

「来週の休みにでも行こうか。招待客を考えると、それなりに格式のあるホテルがいいだろうな」

「そうですよね。父に聞いたら、招待客が五百人近くになるだろうから、広い披露宴会場のあるホテルをということだったので……この辺りでしょうか？」

明日華はスマートフォンでいくつかのホテルの情報を表示させて、向かいに座る実樹也に見せた。彼も同じ考えだったようで首肯される。

「模擬挙式や模擬披露宴でチャペルも会場もチェックできるし、予約を取っておくか。明日華が式を挙げたいところに決めていいぞ」

「実樹也さんはどこがいいとかないんですか？」

「女性の方が、こだわりが色々とあるだろ。まぁせっかくだから、俺たちが見合いしたホテルで挙式もいいか……とは考えたが」

その言葉に明日華の顔が綻ぶ。見合いをしたホテル、つまり自分たちが交際をスタートした場所で式を挙げるという提案が、彼の口から出てきたことが嬉しい。

「実樹也さんって案外ロマンチックですよね」

「いい思い出になるかと思っただけだ」

「はい、素敵だと思います。っていうか、もうここに決めてしまいます？」

自分の気持ちを打ち明けた日のことは一生忘れない。彼との結婚が決まった思い出もある。そこで式を挙げるのは特別感があるように思えた。

「……ったく、お前はもうちょっと考えろ。見学にも行かずに決めるわけがないだろう。予約は取っておくから来週に見てからな」

「はい、楽しみにしてますね」

きっと明日華は料亭があるホテルを選ぶだろう。

実樹也もそれがわかったのか、照れくさそうに目を逸らした。

「そのついでに、宿泊予約も取っていいか？」

「え……？」

散々期待していたからだろうか。気のせいでなければ、一緒に泊まろうと誘われているように思えて、明日華の頬が見る見るうちに赤く染まっていく。

「ちゃんと意味は伝わってるみたいでよかったよ」

暗に正解だと言われると、無意識に自分を抱き締めるように腕に触れてしまう。

「どうする？　社長にも許可を取った方がいいか？」

「い、いえっ、大丈夫です。泊まりたい、です」

動揺しつつもはっきりと告げると、安堵したような顔を向けられた。

「楽しみだな」

なにがだろう、そう考えてしまったのが伝わったのか、実樹也が噴きだした。

「違う、そっちじゃないよ。いや、もちろんそういう下心もあるが、一日一緒にいるのは初めてだろう？　付き合ってばかりであまり遅くまで引き止めるのも悪いかと思っていたんだが、送っていくときはいつも名残惜しかった。早く一緒に暮らせればな」

結婚するまでの時間が長いと言いたげに、実樹也がため息をついた。そんな実樹也の言葉一つに浮かれてしまう。彼の姉の件や、過去のことで抱えていた不安が拭われていく。

「私もです」

毎日仕事で顔を合わせているのに、毎日メッセージのやり取りをしているのに、デートの終わりはいつも寂しい。

彼も同じ気持ちでいてくれたのだと思うと、明日華の胸が喜びに浮き立つ。思っていた以上に自分は大事にされている。それは気のせいではないだろう。

「なら、一緒に暮らすか」

「いいんですか!?」

同棲《どうせい》すれば、今よりもずっと一緒にいる時間が取れる。いずれ結婚するのだから早いか遅いかの違いだし、明日華としては嬉しさしかない。

「と言っても、式場の見学や打ち合わせも並行すると、新居探しにはそれなりに時間がかかるが」

「あ……それなら」

「うん？」

「あの、実家の近くに私が一人暮らしをしていたマンションがあるんです。ファミリータイプなのでそれなりに広いですし、新居にどうでしょうか？」

現在、実家に戻っている明日華はまったくその部屋を使用しておらず、家具も置いていない。父も人に貸す予定はなかったようで、結婚したらそのまま使ってもいいと言われていた。

「明日華は実家暮らしだろう？」

「実は、一人暮らしがしてみたくて就職を機に一度は引っ越したんですけど、家事は大変だし、部屋が広すぎて寂しくなって、すぐ実家に戻りました」

明日華が説明すると、彼はさもありなんと言いたげに頷き、顎に手を当てて考えていた。

「明日華の実家に近いならいいんじゃないか？　見に行っても？」

「もちろんです。鍵は持ってますから、食事が終わったら行きますか？　たまに掃除を頼んでるので、部屋は綺麗だと思います」

「そうしようか。ところで食事はもういいのか？」

「あ……」

話に夢中で皿の料理はまったく減っていなかった。実樹也の皿はとっくに空だ。明日華は慌ててフォークを手に食事を進める。

「慌てなくていいから、ゆっくり食えよ。なにか欲しいものがあるなら、取ってくる」

「じゃあ、デザートを適当にお願いしてもいいですか？」

「わかった」

実樹也が席を外している間に皿に載せた料理は食べ終えた。

二人ともデザートまでしっかり食べて、レストランを出る。

実樹也の車で実家近くまで戻ってくると、近くにあるホームセンターでメジャーを買い、マンションに向かった。

明日華が住んでいたマンションは、大通りを抜けて住宅街に入り、通りからほど近い場所に建っている。

「へぇ、いい場所にあるな。駅からも離れてないし、周辺は静かだ」

駐車場に車を停めた実樹也が、エントランスから敷地内に足を踏み入れ、周囲を見回しながら言った。

「はい、マンションっていうか、一軒家ですよね」

敷地内に一つの街が造られているようなデザインになっており、隣り合う部屋は一つもない。広大な敷地にいくつもの家が建っているイメージだ。棟の周りは人が歩くには十分な通路があり、通路の脇には四季折々の草花が植えてある。

棟の地下と一階の２ＬＤＫの部屋、二階とテラスの１ＬＤＫの部屋、二階建ての棟の３ＬＤＫの部屋と価格によって分かれており、全十戸である。

ちなみに明日華が住んでいた部屋は、二階建ての３ＬＤＫで広いルーフテラスがついている。庭がないだけで一軒家とほとんど変わらない。

「ここです」

玄関を開けて、実樹也を中に通す。

「広いな。お前が寂しくなって実家に帰ったのもわかる」

「でしょう？　一人だとリビングと寝室くらいしか使わないですし、一階にいても二階にいても物音がしないと怖くって」

入ってすぐシューズクロークがあり、反対側には洗面所と風呂がある。その奥にはトイレ、廊下を歩いていくと十三畳ほどのリビングだ。

定期的にクリーニングを頼んでいるから汚れてはいないが、なにひとつ家具が置かれていないため、すぐに生活できる状態ではない。

実樹也は室内を見回しながら、一つ一つのドアを開けてチェックしていった。

「一人が怖いか。俺が仕事で遅くなるときはどうするんだ？」

声を立てて笑われるが、ずっと実家住まいをしていると、母親や家政婦が家にいるのが当たり前になっており、部屋に一人きりという状況は慣れないのだ。

「慣れるしかないですか？」

「すぐ慣れるよ。俺は一人暮らしをした当初、静かで天国かと思ったな」

彼のうんざりした顔から、苦手な姉から逃れられたと暗に言っているのがわかった。

「まぁどうしても寂しくなったら実家に帰って俺を待てばいい。迎えに行くから。あ、でもそのまま帰ってこなくなるのと、ケンカして実家に逃げ込むのは勘弁な」

「ふふっ、わかりました」

「そうだ、家具を買うのにサイズを測りたいから、お前ちょっとメモっといて。幅が八十で、奥行きが……」

実樹也は、冷蔵庫が置いてあったスペースをメジャーで測り、明日華がスマートフォンのメモに入力していく。

「明日華、ここ押さえておいて」

「これでいいですか？」

「おう、テレビ台がだいたい……」

てきぱきと手を動かしながら、洗面所、リビングのだいたいの寸法を取っていく。

明日華が一人暮らしを決めたとき、父はぽんとマンションの鍵をくれたものの引っ越しに関してはなにひとつ口を出さなかったため、家具を買ったり、引っ越しの荷造りの手続きをしたりと結構な労力で、途中でやっぱり実家暮らしでいいかなと思い始めたくらいだった。

けれど、この部屋に二人で住むための家具を二人で選びに行けるのだと思うと、面倒ではなく楽しみになってくる。

「ほら、次は二階」

「はい」

背中を押されて、キッチンの手前にある階段を上り二階を案内する。

二階に置いていたベッドも片付けてしまったため、今はカーテンくらいしかない。寝室の寸法を測り終えて、ようやく一息つく。

「隣の棟とそれなりに距離があるんだな。本当に一軒家みたいだ」

実樹也は窓際に寄りベランダから外を眺めた。

明日華もそれに倣い、窓の外を見る。

「ルーフバルコニーもいいですよ。ベランダより広いので開放感があります」

「いいな。３ＬＤＫだから、一室は寝室であとの二部屋は子ども部屋か」

そうか、そんな未来もあるのか。まだ身体を重ねるどころかキスさえしていないけれど、彼の中には当然のようにその未来があるらしい。

明日華を不安にさせないためだとしても、彼の口から自分との未来の話が出てくることが嬉しかったのだ。

「そうですね。実樹也さんとの赤ちゃんができたら、嬉しいな」

「……ったく、俺はお前のそういうところにやられてるんだろうなぁ」

実樹也がなにやら息をつきながら、やれやれと肩を竦めた。

窓からの景色を眺めていると、ふいに肩を引き寄せられる。実樹也の顔が思いのほか近くにあって、彼の匂いが鼻を掠《かす》めると心臓がけたたましく音を立てた。

「そういうの、いきなりは、ずるくないですか？」

「いきなりじゃなかったら、今からキスするけどいいかって確認するのか？」

「キス……キスするの？」

顔を覗き込まれて「いや？」と尋ねられた。いきなりと言いながらも、事を進めるタイミングで確認してくれるのは実樹也の優しさに他ならない。

明日華が首を緩く横に振ると、実樹也がカーテンを閉め、掠めるように唇が触れた。

「うわ、初めてしました」

明日華の言葉に実樹也が目を瞠《みは》る。男性慣れしていないのは態度から見て明らかだっただろうが、キスさえ初めてだとは思わなかったのだろう。

「うわって、お前な。一応確認するけど、本当にいやではないんだよな？」

「はい」

「じゃあ、もっとしていい？」

どう答えていいものかわからず、答えの代わりに実樹也の背中に腕を回した。

頬を軽く撫でられて、頬に添えられていた手が首を通り後頭部に回され、頭を引き寄せられた。

今度は、唇が重ねられたあと、きつく閉じていた唇を舌でノックされる。生温かい舌で唇を舐《な》められて、腰からぞくぞくとしたなにかが生まれ全身を駆け抜けた。

「ん〜ん……っ、は、待って、くださ」

彼の胸をとんと叩くと、息苦しさに眉根を寄せている明日華に気づいたのか、ややあって唇が離れていく。

「どうした？」

「だって、息、できない」

鼻で呼吸しようと思えばできるのだが、キスの心地好さに流されていると呼吸するのを忘れてしまうのだ。涙目で訴えれば、目の前で実樹也が噴きだす。

「息できないって、お前……っ」

実樹也は意外にも笑い上戸だと、彼が上司であるときには知らなかった。彼の笑顔に慣れてきている自分に驚く。

「もう……笑わないでください」

明日華がふいと顔を背けると、軽く背中を叩かれて抱き締められた。

「笑って悪かったって。許せよ、ただ、可愛いと思っただけだ」

目尻、頬と明日華の機嫌を伺うように順番に口づけられると、彼への恋心故に簡単に許してしまう。

「ゆっくりしてくれたら、許してあげます」

「了解。俺が我慢できる限り、ゆっくりしてやる」

目を瞑って上を向くと、ふたたび掠めるように唇が触れあった。上唇と下唇をねっとりと舐められて、その心地好さに無意識に唇が開く。

何度も唇を吸われて、鼻で呼吸をするのにも慣れてきた頃、隙間から差し込まれた舌に歯茎を舐められた。

「ん、はぁ……」

後頭部に差し込まれた手で頭皮を撫でられるたびに、背中がぞくぞくと震えて、腰が砕けそうになる。実樹也の背中にしがみつくと、ますます身体が密着し、自分の激しい鼓動さえ伝わってしまいそうだ。

重なった唇がくちゅりと湿った音を立てた。唾液がかき混ぜられたようなその音が恥ずかしくて、うっすらと目を開けると、熱の籠もった眼差しに射貫《いぬ》かれる。

「ふ……ぅ、んん～っ」

次の瞬間、ぬめる舌が強引に口腔《こうくう》に滑り込み、明日華の舌を搦め取った。舌先同士がぬるぬると擦り合わさると、口腔にどっと唾液が溢《あふ》れてくる。溜《た》まった唾液を美味しそうに啜られ、ますます卑猥《ひわい》な音が物音のしない室内に響く。

腰がずんと重くなり、下腹部が甘く疼《うず》く。心地好さだけではない、得体の知れない感覚に全身が支配されそうだ。怖いとも思うのに、もっと彼を知りたいとも思う。明日華は彼がしてくれたように舌を動かし、絡め合わせた。

「ん、ふぁっ、ん」

鼻にかかった自分の呼吸がやたらと艶めかしく聞こえて、羞恥でどうにかなりそうだ。なんとか声を漏らさないようにすれば、またもや呼吸を忘れて苦しくなる。

ふぅふぅと必死で息をしながら涙に濡れた目を実樹也に向けると、目を逸らさずに見つめ返されて、口腔を弄る舌の動きが激しさを増す。舌をちゅ、ちゅっと啜られるたびに、頭の奥が陶然としてきて淫らな声が漏れそうになるのを抑えられない。

「はぁ、ん、ぁ」

「……っ、その声、やばいな」

実樹也の口からも熱い吐息が漏れて、重なる唇の隙間から二人分の艶めかしげな息遣いが響く。

腰をぐっと引き寄せられると、逞しい胸板が乳房に触れて、壊れそうなほど心臓の音が激しく鳴った。それでもやめてほしいとは思わず、離れそうになる唇に自分から口づける。

「もっとしてほしい？」

キスの合間に聞かれて、小さく頷く。

すると、ぬめる舌で口蓋までをも舐め尽くされ、口の周りが互いの唾液でべたべたになっていく。

角度を変えながら何度も口づけをしているうちに、全身から力が抜けていた。気づくと実樹也に腰を支えられており、体重のほとんどを彼に預けている。

「やめないで」

ねだるように唇を触れあわせていると、身体がぐらりと傾いた。

立っているのはすでに限界だった。

「この体勢じゃ危ないか」

力の抜けた身体を背後から支え直されて、床の上に座らされた。もう終わりなのかと名残惜しい気持ちで実樹也を振り返って見つめると、彼の口からため息が漏れる。

「もう、終わり？」

「いや……俺もそこそこ限界なだけ」

「限界？」

うっとりと彼を振り返りながら首を傾げると、背後からぐっと腰を押し当てられた。臀部《でんぶ》に触れる硬いものの正体に気づき、身体中の血液が沸騰したかのように熱くなる。

「あ、の……それ」

「来週まで我慢しようと思って、キスだけでやめようと思ってたのに、あまりに可愛いところを見せられるとな」

実樹也はため息交じりに言いながら、明日華のスカートの中に手を忍ばせた。

「わ……っ」

「今日は少し触るだけだ。本番は来週だから……ほら、身体の力を抜いて。痛いことはなにもしない」

そう言われて太腿《ふともも》に触れられても、力など抜けるはずがなかった。

「なにを、するの？」

動揺しつつ尋ねると、誰も聞いていないのに、声を潜めて耳元で囁かれた。

「気持ちいいこと。緊張でがちがちになってると濡れないだろ。練習だと思えばいい」

「練習？」

「そう……ここにも触るよ」

「ん……っ」

実樹也の手が太腿の内側に入り込み、ショーツのクロッチ部分をつんと突いた。思わず腰を捩り、足の間に差し込まれた彼の手を挟んでしまう。

「寄りかかっていいから、足、少し開いて、伸ばして、そう」

言われるがままにほんの少しだけ足を開いて伸ばすと、両方の手が太腿の上や横を行き来する。自分で触れても気持ち良くもなんともないのに、彼の手に触れられていると思うだけで、なんだか気持ちがそわそわして落ち着かなくなる。

「くすぐったい？」

耳の近くで聞こえる熱の籠もった声がやたらと官能めいていて、手の動きも相まって、徐々に身体が熱く火照りだす。強張っていた身体から力が抜けてくると、下腹部がきゅっと張り詰め、あらぬところが濡れるような感覚がした。

「あ……っ、ん」

太腿の上を撫でていた手が内側に入り込み、柔らかい肉を揉みしだく。その際、彼の指先が掠めるように秘裂に触れて、腰がぴくりと跳ねた。

「ん、あぁ」

「足、閉じるなよ」

思わず足を閉じてしまうと、耳朶《みみたぶ》を軽く食《は》まれて、耳の中に彼の舌が入り込む。くちゅ、ぬちゅっと、耳の奥で濡れたような音が響き、全身が燃え立つように熱くなる。その間もずっと太腿の内側を這《は》う手の動きは止まらず、全身の肌がじっとりと汗ばんでくる。

「はぁ……っ、ん、あ」

ただ太腿を撫でられているだけなのに、じっとしていられない。気づくと、腰を浮き上がらせており、立てた膝がゆらゆらと揺れていた。スカートは太腿の付け根まで捲《めく》り上がり、淫らな彼の手の動きが視界に入ってくると余計に興奮が高まった。

「そろそろスイッチ入ったか？」

「わ、かんな……っ」

そう聞かれても、なんのことやらだ。

ただ、気持ちいいのに物足りないような感覚がしてくると、彼の言葉の意味を身体で理解する羽目になる。

「ここ、触ってほしくなった？」

彼の指がショーツの上からつんと蜜口を突いた。耳朶を舐めながらそう問われて、明日華は熱い息を漏らしながら小さく頷いた。

「そうか、よかった。あぁ、ちゃんと濡れてるな」

くにゅくにゅとそこを軽く押されると、背筋からぞくぞくする震えが駆け上がってきて、なにかが溢れる感覚が止まらない。

ショーツはすでに肌にぴったりと張りつくほどに濡れてしまっている。知識として頭にあったとしても、いざ自分の身体の変化を目の当たりにすると平静ではいられなかった。

「恥ずかしい……っ、です」

「何度もすれば、そのうち慣れる」

そうか実樹也は何度も女性とこういう行為をしたのか、そう思うと、悔しさと過去の女性と張り合うような気持ちが芽生えてくる。未経験の自分ではおそらく彼を満足させてあげることはできないだろうし、張り合っても無駄だとわかっていても、気持ちだけはどうしようもない。

「ほかの人にも、いっぱいしたの？」

嫉妬心のままに口に出してから後悔した。どうしてこう自分は思ったことがすぐに口から出てしまうのか。すると、明日華を抱き締める腕の力が強くなる。

「今はお前にしかしない」

「ほんと、ずるいです」

「可愛い嫉妬なら大歓迎だよ。お前がふてくされてるのは、俺が好きだからだろう」

「嫉妬ばかりしていて、嫌いになりませんか？」

「なるわけないだろう。新入社員として入ってきたときは、わがままなお嬢様の相手をしなければならないのかと、ひどく気が重くなったものだが」

「ひどいです」

「今は、そうじゃないって知ってるからな」

実樹也は笑いながら、明日華の顔を覗き込むように首を傾けて、唇を重ねた。宥《なだ》めるような口づけを贈られると、機嫌などすぐに直る。

「あぁ、あと誤解がないように言っておくが、俺だってそこまで経験があるわけじゃないぞ」

「それを信じてあげますから、誰よりもいっぱいキスしてください」

そこまで経験があるわけじゃない、なんてうそだ。明日華を傷つけないための優しいうそ。あの女性と何度もホテルにいたのだから。

明日華が彼の肩にもたれかかると、ふたたび唇が塞がれた。承知したとでも言うように、触れあうだけのキスは長く続く。

気持ち良さにうっとりしていると、ふいに実樹也の手がショーツの内側に入ってきた。太腿に置かれていた手のことなどすっかり忘れていた明日華は、驚きのあまり腰をびくつかせる。

「んっ、や」

「練習だって言っただろ。今日は、気持ちいいことだけしてやる」

実樹也はそう言いながら、じっとりと濡れた秘裂に指を這わせて、優しく撫でた。指を動かされると、太腿を撫でられたとき以上に強烈な感覚が腰から生まれる。甘い疼きが全身に走り、無意識に腰が揺れてしまうのを止められない。

「あぁ、ほら、たくさん濡れてきた」

彼の指の動きに合わせて、くちゅ、ぬちゅっと、いやらしい音が響く。それが自分の身体から生まれた音だなんて信じがたい。恥ずかしさのあまりどうにかなってしまいそうだ。

「やっ、音、立てないで」

「いいんだよ、このまま気持ち良くなってろ。もっと濡らして、達《い》けるようになろうな」

リズミカルに実樹也の指が動く。陰唇を開くように撫でられると、ぴたりと閉じていた蜜口が開き、男を欲するようにヒクついた。蜜口から溢れる愛液を秘裂に塗りたくられて、ますます卑猥な音がひどくなっていった。

「はぁ、あっ、ん、あぁ」

誰にも暴かれたことのない恥部を好きな男に弄られる羞恥で泣きたくなる。それなのに、指先でぬるぬるとそこを擦られるのがたまらなく気持ちいい。幾度となく快感を与え続けられているうちに、自分の常識さえ塗り替えられているのか、徐々に大胆な気持ちになっていく。

「もうクリトリスが勃ってきた、覚えがいいな」

くすりと小さく笑いながら、陰唇を捲り上げられ、恥毛に隠れた芽を暴かれる。

つんと軽く突かれただけなのに、敏感なそこに触れられると、驚くほどに反応してしまう。恥部がきゅっと痛いほどに張り詰め、どっと愛液が溢れた。

「やぁ……っ、な、に、それ……あぁっ」

「ほら、明日華、ここだよ、覚えて」

実樹也はあろうことか明日華の手を取り、濡れた秘裂に触れさせた。思わず手を引こうとするが、男の力で掴まれていては抗《あらが》えない。濡れた恥部の上部にある小さな芽に指が当たると、腰がびくりと跳ねる。

「んんっ」

背中を仰《の》け反《ぞ》らせながら、荒々しい息を吐きだすと、ようやく手が解放された。

「触れば触るほど快感に慣れていくから、来週、俺が抱くまで、毎日自分で気持ち良くなる練習をしておけよ？」

仕事を言い渡すときと同じ口調でそう言われて、明日華は羞恥のあまり気が遠くなった。

「む、無理……っ、です」

「大丈夫、やり方はこれから教えてやるから」

そう言いながら彼は濡れた淫芽を指の腹で優しく転がした。

「はぁ……っ、あっ」

指をくにくにと押し回されると、背筋から深い快感が駆け上がり、脳天を突き抜ける。息が詰まるほどの強烈な愉悦に襲われて、恥ずかしいのに身体がその心地好さを求めていると知ると、抗うことなどできやしない。

「気持ちいいだろ？　やってみるか？」

耳のそばで笑う男は、明日華の答えを知った上で聞いているのだ。首を勢いよく横に振った明日華を見て、機嫌良さげに頬を緩める。

「中は弄るなよ？　爪が長いと傷つける」

「弄りませんっ！」

「全部、俺の手で教えてやりたいしな」

ゆっくりとした指の動きが徐々に速さを増していく。ぴんと勃ち上がった淫芽は、彼の指に転がされるとますます硬さを増し、存在を主張する。指の腹でぬるぬると転がされるたびに、淫らな気持ちが爆発しそうなほどに膨れ上がっていき、蜜口から溢れる愛液が臀部にまで流れ落ちた。

「ぐちゃぐちゃになってきた。音、すごいな」

「言わないで、ください」

聞こえているから、お願いだからと懇願するように口に出すが、卑猥な言葉で追い詰める趣味でもあるのか、いやらしい手つきも言葉もやめてはくれなかった。

「恥ずかしがってる明日華は可愛いんだよ。ほら、こっちもひくひくしてる。俺のを挿れるなら、もっと広げないと無理だな」

実樹也は勃起したクリトリスを弄りながら、蜜穴の入り口を反対側の手で弄った。ヒクつく蜜口にゆっくりと指を差し込まれて、浅瀬をかき回される。

気持ち良くなどないのに、その間もずっと敏感な芽を転がされているからか、新たな愛液が絶えず溢れてきて、摩擦なく指を受け入れた。指の動きに合わせて、ぬちゅ、ぐちゅんっと愛液がかき混ぜられる卑猥な音が室内に響く。

「くぅ……っ、ん」

仔犬《こいぬ》が鳴くような声が口から漏れると、耳元で唾を嚥下《えんげ》する音が聞こえた。

「少しは、中も良くなってきた？」

「ん、あ……わかん、な……っ」

明日華を追い詰めているはずの実樹也もまた自分と同じように興奮しているのか、臀部に押し当てられる彼のものがはち切れんばかりに膨らんでいる。双丘に押し込むようにぐいぐいと腰を動かされて、彼のものを受け入れたらどんな感じがするのだろうと考えてしまうと、いっそう淫らな気分が深まった。

「指、もう第二関節まで入ってる」

わかるか、と尋ねるように、ことさらゆっくりと抜き差しされた。一度引き抜いた指を目の前に翳《かざ》されると、彼の人差し指の第二関節までが愛液にまみれてふやけている。

かぁっと顔に熱が籠もり、思わず指から目を逸らすと、反対側の指で弄っていたクリトリスをきゅっと摘《つ》まれた。

「ひぁっ」

「こっちも指で扱《しご》けるくらい勃ってるな」

そそり勃った淫芽を指の腹で小刻みに揺らされて、過ぎる快感に首を仰け反らせながら嬌声《きょうせい》を上げた。

「あ、あっ、それ……だめぇっ、んあぁっ」

腰がびくびくと跳ねて止められない。いやいやと首を振っても、彼の指は止まらず、いっそう激しさを増していく。引きも切らずに、ぬち、くちっと濡れた音が響き、穿《は》いたままのショーツがぐっしょりと濡れていく。

「達きそう？」

実樹也も荒々しく呼吸を乱しながら、指の動きを速めていく。いつの間にか蜜穴に指が戻されており、隘路《あいろ》を広げるようにばらばらに動かされると、下腹部の奥がきゅっと収縮する。

「はぁ……っ、あ、わ、かんな」

明日華は実樹也にもたれかかり、腰をびくびくと震わせながら、波のように迫る快感に耐えていた。いつしか異物感は失《う》せており、蜜路を擦られるたびに、なにやら物足りないような、もっとしてほしいような感覚が生まれる。

「ひ、ぁ、あぁっ、ん、はぁ」

指の動きに合わせて、途切れがちの声が漏れた。クリトリスをくるくると押し回すように撫でられると、快感がさらに大きく膨れ上がり、蜜襞を弄る彼の指を締めつけた。

「中も、物欲しそうにうねってる。気持ちいい？」

「ん、あっ、いい……気持ちいい」

下腹部が痛いほどに疼き、目眩《めまい》がするほどに気持ちいい。淫芽を刺激しながら、その裏側を指で激しく擦り上げられて、意識ごと大きな波に攫《さら》われそうになる。

「お前、ほんと素直で可愛い……早く抱きたい」

劣情に煽《あお》られた声で囁かれ、それが呼び水となったのか、頭の芯まで焼けつくような凄絶な快感に襲われた。淫芽をきゅっと摘まれ、扱かれる。ぬちゅんっと大きな水音が立ち、根元まで指を突き挿れられた瞬間、息が詰まり、目の前が真っ白に染まった。

「～～～っ！」

全身が小刻みに痙攣《けいれん》し、震えが収まらない。息の仕方を忘れてしまったかのように身体が硬く強張った。足先がぴんと張り、指をゆっくりと引き抜かれると、ふたたび時が動き出したかのように心臓がどくどくと激しい音を奏でる。

「はぁ……はぁ、はぁ……っ」

精も根も尽き果てたかのように、全身に力が入らない。まるで全力疾走をしたあとのようではないか。汗がどっと噴きでてきて、ひどい倦怠感《けんたい》に襲われる。

「上手に達けたな」

そうか、彼の手で達したのか。そう理解すると、羞恥と喜びが同時にやって来て、言葉がなにも出てこない。

どういう顔をしていいのかもわからず、明日華は火照った頬を隠すように俯《うつむ》いた。息を吐くような笑い声が頭上から聞こえてきて、髪を撫でられる。

「毎日、俺のことを考えながらできる？」

頭のてっぺんにキスを落とされる。達した直後なのに、まだ彼の指を受け入れているような感覚がする。さっきまでの快感を思い出すと、お腹の奥が甘く疼いて、とろりと蜜が溢れそうになるのだ。それでも明日華がなにも答えずにいると、顎を持ち上げられ、顔を覗き込まれる。

「……会議室にでも連れ込むか」

「じ、自分でしますっ！」

「いい子だ」

冗談だとわかっていながらもぶんぶんと首を横に振ると、唇が重ねられた。

ねっとりと口腔を舐《ねぶ》るようなキスを贈られて、ふたたび身体に火が灯《とも》りそうになるが、明日華が快感に流される前に唇が離された。

「そのうち、こっちでも感じられるようにしてやる」

胸の頂きをつんと突かれて、明日華はまたもや身悶える。

「恋人がエッチすぎる……」

「なに言ってんだ。こんなのまだ序の口だろうが。俺は達ってないぞ」

ほら、と腰を押しつけられると、まだ彼のものは勃ったままだ。つい視線を向けてしまい、布を押し上げるものの大きさに息を呑む。

「それ、入りますか？」

「だから、慣らさないと痛いって言っただろ」

「慣らしても無理じゃ……」

「入るから大丈夫だ。来週末までに覚悟を決めておけよ？」

にやりと笑った実樹也が、明日華の身体を支えながら立ち上がった。明日華の身体がふらりと揺れると、容易く腕に抱え込まれる。逞しい身体に包まれ、この人と今の今まで触れあっていたのだと思い出し、顔から火が出そうだった。

そんな明日華の頭の中まで見透かしたように、彼が額に口づける。

「なに？　さっきの思い出した？」

揶揄ってばかりの実樹也にほんの少し苛立った明日華は、にっこりと微笑み、彼の唇に軽くキスをした。そして。

「エッチなことばっかり言って揶揄うなら、実家に帰らせていただきます」

まだ一緒に住んでいないのに、この言葉は彼を大いに慌てさせたようだ。明日華がふいと顔を背けると、彼に腕を掴まれる。

「……おい」

「なんですか」

「悪かったって」

本当はまったく怒ってなどいないが、明日華の怒ったふりは実樹也にダメージを与えられる。それを知れたのだから、許してあげてもいいかもしれない。

「実樹也さんは、しつこく揶揄いすぎなんです」

びしっと指を突きつけて言うと、珍しく反省したような彼が「悪かった」ともう一度謝ってきた。さすがに可哀想《かわいそう》になって、明日華は実樹也の腰に腕を回して抱きついた。

「うそです、怒ってません」

「お前が悪いんだぞ」

「え、この期に及んで私のせい？」

「いちいち反応が可愛いんだよ。そんなお前に煽られるだけ煽られて、デートのたびに我慢を強いられてるんだぞ、こっちは」

「我慢、してたんですか？」

触れたいと言っていたのがうそのように、二人きりになってもなかなかキスさえしてくれないから、こちらはもどかしく感じていたというのに。

「してたよ。あまり急いで距離を詰めて余裕がないと思われるのもな。時間はこれからいくらでもあると自分に言い聞かせてはいたが……なかなか辛かった」

「それは、すみません？」

ため息交じりに呟かれると、なんだか本当に自分が悪いような気がしてくる。

「明日華が俺に抱かれる覚悟を決めてからでいいと思ってたんだが、初めてしたとか可愛いことばかり言うから、歯止めが利かなくなった」

キスさえ誰ともしたことがない、という事実が思いのほか彼を喜ばせていたようだ。なんだか自分が思っていた以上の好意を持たれているような気がする。少しずつでも互いの感情が近づいているのなら、愛し愛される日もそう遠くないかもしれない。

「私は、もうとっくに抱かれてもいいって思ってました。実樹也さんみたいに、慣れてないし、気持ち良くなってもらえるかわからないけど……っ、ん」

腰を引き寄せられて、貪るように唇が奪われた。口蓋を舐められ、舌を搦め取られる。口の中をかき回す、くちゅんという水音がいやらしく響くと、ふたたび身体が熱く火照りだす。

「んんっ、ふ……ぅっ」

舌が痺《しび》れるほどに、何度も口腔を弄られる。キスは長く続き、明日華の膝がかくりと落ちそうになったタイミングで離れていった。

「は……っ、ぁ」

「あー、もう……ほんっと余裕なくなるから、勘弁してくれ。ベッドもないこんなところで抱かれたくないだろう？」

それでもいいと言ったら、実樹也はどうするのだろう。場所がどこだって、自分を抱く相手が彼ならば拒むわけもない。

蕩《とろ》けた目を向けると、参ったとでも言いたげに実樹也は顔を覆ってしまった。

「ほら、送っていくから、帰ろう」

名残惜しそうに頬に触れられる。

彼の車に乗り、家まで送り届けられても、明日華は夢見心地のままなかなか戻っては来られなかったのだった。

第五章

デートを明日に控えた金曜日の夜。

明日華は会社を出て、電車を乗り継ぎ、最寄り駅の近くを歩いていた。

（帰ったら、明日の準備しなきゃ）

一週間、ミスなく仕事をこなしていたが、気持ちはずっと浮き立っていた。

仕事中にも実樹也と目が合うたびに動揺してしまっていたから、彼にはバレバレだろう。

実樹也と身体を重ねたら、もっと距離が近づくのではないかと期待してしまっている。

（実樹也さんに愛されてるって、自信が欲しいな）

菫からの電話はあれ以降かかってきていない。誤解は解けたのだと思いたいが、それはいくらなんでも楽観視しすぎだろう。

そんなことを考えながら自宅に向かって歩いている途中、バッグの中の振動に気づき立ち止まる。

バッグからスマートフォンを取りだすと、画面には紫門の名前。

また食事の誘いだろうかと思いつつも、電話は珍しいと首を傾げた。

「もしもし？」

『明日華？　今ちょっといい？』

スピーカーから聞こえてくる紫門の声は真剣な響きを孕《はら》んでいた。なにかあったのだろうか。

「うん、大丈夫」

『あのさ……この間、明日華の婚約者を見たことがあるような気がするって言ったの、覚えてる？』

紫門は、言葉を濁しながら聞いた。

「うん、覚えてる。それがどうかしたの？」

『いや、実は……』

「実は？」

『う〜ん』

そっちから電話をしてきたというのに、歯切れが悪い。歩いているうちに自宅に着いてしまいそうだった。明日華は歩みを緩めて、紫門に続きを促した。

「うん、なに？」

『俺がよく行くバーで、明日華の婚約者を見かけたことがあった気がしたんだ。でもこの間は確信がなかったし、気のせいかとも思ったんだけど、その男が今、店に来たんだよ。顔を見て明日華の婚約者だって確信した』

紫門は明日華に連絡を取るためにすぐに店を出たらしい。今は店の近くから電話をかけているという。

「え……実樹也さんが？」

実樹也からは今朝、メッセージをもらっていた。今日の夜は人と会う約束があると聞いていたから、それでバーに行っただけではないのか。

明日華は訝しみながらも、紫門の言葉の続きを待った。

『ちなみに、女連れだよ』

「女連れ……」

一瞬、なにを言われているのか理解できず、オウム返しに聞くしかなかった。

約束があると言っていたのは女性とだったのか。ショックを受けながらも違うと思いたい気持ちが大きく、自分と紫門のような友人関係ではないのかと考えた。だが、明日華のそんな甘い考えを見透かしたように紫門が続ける。

『友人じゃないと思うよ』

「……どうして、そう言えるの？　見間違いの可能性もあるんじゃない？」

『女の方がやたらとベタベタしててウザかった。わざと男の腕に胸を押しつけてたしね。それに、確信がなければ明日華を不安にさせるようなことは言わない』

「そう……」

彼が元恋人と明日華とお見合いする直前まで交際していた可能性があると、偶然、社員同士の会話で知った。

そのときは、過去は過去だと割り切ったが、明日華と婚約してから二人きりで会っているとしたら話は別だ。

恋人はいないと言ったのはうそだったのか。明日華の気持ちを弄んでいたのか。

そんな疑念が次から次へと湧いてくる。

悄然《しょうぜん》とした様子の明日華を案じたのだろう。

紫門のせいではないのに彼が「ごめん」と言った。

「謝らないでよ。心配してくれたんでしょう？」

『そうだけどさ……ねぇ、明日華、ちゃんと婚約者を問い詰めた方がいいよ。不安があるまま結婚なんてできないでしょ』

「うん」

わかっている。けれど、実樹也の不貞が真実だと判明したら、どうすればいいのだろう。そんな男と結婚するべきではない、別れるしかないと思いながらも、どうか誤解でありますようにと祈ってしまっている。

『俺は、浮気するような男に明日華を渡したくない』

言葉少《ずく》なな明日華になにを思ったのか、紫門が低い声でそう言った。

「……あの、紫門？」

いつもの彼とはどこか違う真剣な響きに気圧《けお》されそうになる。戸惑いながら彼の名前を呼ぶと、ややあって言葉が返された。

『……そいつが明日華を幸せにできないって判断したら、もう遠慮しないから』

おそらく、菫の件や、実樹也の元恋人の件で心配させてしまったのだろう。明日華を守ろうとしてくれる親友の言葉に、頬を叩かれたように目が覚める。

(なにをめそめそしてるの。実樹也さんの気持ちが私に向いてないって、初めからわかってたじゃない。まずは確かめないと)

実樹也の浮気が事実だとしたら、明日華にはとても受け入れられない。彼の過去を想像するだけでいやな気分になるのに、明日華にあんな淫らな真似《まね》をしておきながら、ほかの女性ともなんて考えたくもなかった。

「心配してくれてありがとう。実樹也さんと、ちゃんと話すよ」

ちゃんと話をして、この先もずっと彼を信じられるかどうかを決めればいい。

(さっきまで、デートが楽しみで浮かれてたのにな……)

紫門と通話を終えた明日華は、滲んだ涙を手の甲で拭い、自分を落ち着かせるように息を吐いた。


一夜明けたデートの日。

昨日の夜はいろいろと考え込んでしまい、なかなか眠れなかった。

午前中に新居の家具を見に行く予定で、午後は式場の見学予約を入れていた。そのあと、式場のあるホテルに泊まる予定だ。

実家に迎えに来てくれた実樹也の車に乗り込み、青山《あおやま》方面へと向かう。

そこはシンプルでありながら温かみのある上質な家具が有名で、マンションのリノベーションや店舗のデザインなども手がけており、父が懇意にしている元職人が現在社長を務めている。

明日華は運転席に座る実樹也を横目に見て、漏れそうになるため息を押し隠す。

紫門から、実樹也が女性と会っていたと聞いて、当然のことながら不貞を疑った。可愛いとか、抱きたいとか、そこまで経験があるわけじゃないとか言っておいて、すべてうそだったのかと、自分は出世のために利用されていただけなのかと考えると、悔しいし、腹が立つ。このまま一緒に暮らしていいのか、結婚に向けて動いていいのか、答えは出ない。

しかし、同時に紫門の話は本当なのだろうかと友人を疑ってしまいそうになる。

紫門がうそをつく理由なんてないし、確信のないことを伝えるような人でもないのに。恋人の欲目で実樹也を信じたくなってしまうのだ。信じたい気持ちと疑《うたぐ》る気持ちがせめぎ合い、結局、結論が出るはずもなく睡眠時間を無駄にした。

もしも本当に彼が二股をかけていたとしたら、実樹也がよほど上手く隠しているということなのだろう。いずれにしても、きちんと話をすればわかること。

「どうかしたか？」

助手席で黙りこくったままの明日華を心配したのか、信号で停まったタイミングで彼が首を捻った。

「……っ、あ、いえ……家具はなにを買えばいいかなって」

昨夜、誰と会っていたのかを聞こうとして、言葉が出てこなかった。事実を知るのが怖くて、誤魔化すように口を開いた。

家具はベッドとテレビ台、ソファーにダイニングテーブルくらいか」

「そうですね。あの……家具とか電化製品、本当にお任せしちゃっていいんですか？」

生活に必要な家電は、実樹也の両親がお祝いに購入してくれるという。ほかに必要な家具はこの店で一緒に選ぶが、その金は実樹也がすべて出すと言っていた。

「もちろん。マンションに関しては全部甘えてしまったからな。それくらいさせてくれ。あとは、いつ引っ越すかだよな」

彼はハンドルを操作しながら、片手で自分の顎に触れた。

「夏休みなら時間が取れるんじゃないですか？」

互いに仕事があるし、式場を決めたあとは、その打ち合わせに土日の時間を取られるだろう。招待客への連絡や招待状の作成、当日のメニュー決めなどやることはかなりあるらしい。

「夏休みか……旅行に行きたいって言ってなかったか？」

「でも結婚式の準備もありますし」

明日華が言うと、頭の上にぽんと手を置かれた。

「準備は二人でやるんだから、そう大変じゃないさ。それに、一緒に暮らしてれば家で決められることも多いぞ。招待状や席次なんかは社長にも相談しないとならないからな」

彼の顔に、明日華と一緒に暮らすのを楽しみにしてくれているような喜色が浮かぶ。

(信じたいんだけどな)

ただ、疑うことなくすべてを信じられるほど、まだ彼を知らない。

「そういえば、昔、友人もそんなことを言ってたような覚えが……」

葵央が結婚したとき、葵央の家も相手の家も経営者一族のため、招待客は三百人を超えていたと聞いた。

夫側の会社関係者に失礼のないように、名前や役職を覚えるのが大変だとぼやいていたのを思い出す。披露宴はパーティーの挨拶回りに近く、唯一楽しかったのが挙式らしい。自分たちもおそらく同じような披露宴となるだろう。

「そろそろ着くぞ」

彼は車をコインパーキングに止めて、エンジンを切ると車から降りた。明日華もシートベルトを外し助手席から降りる。

「引っ越しについては今月末か来月頭あたりの土日で済ませる。男の一人暮らしだし物は多くないからな」

今月末とはまた急だ。明日華だって、実樹也に不信感を抱いていなかったら、この言葉に大喜びしただろう。今は、彼がどういうつもりで言っているのかわからないから素直に喜べない。

「お前は？　実家から出て本当に大丈夫か？」

確認するように言われて、一瞬、言葉に詰まった。

「……実樹也さんが一緒なんですから、大丈夫ですよ」

明日華は必死に張りつけた笑みを浮かべ、震えそうになる口元に力を入れた。

本当は不安でいっぱいだ。

彼の顔を見ると、どういうことだと問い詰めたくなる。裏切っているのかと詰《なじ》りたくなる。それでも信じたい気持ちが大きくて、苦しさで目の奥がじんと熱くなった。

「……そうか」

手を差しだされて、彼の手を握った。実樹也の手の感触が伝わってくると、先週あらぬところに触れられた記憶までもがよみがえってくる。

(私にあんなことをしたのに、ほかの女の人にも……同じように触れたの？)

嫉妬で気持ちがぐちゃぐちゃだ。そんな自分の内心を知られたくなくて、明日華は俯いた。そんな自分を彼がじっと見つめていることには気づかなかった。

話はホテルの部屋でしよう。先延ばしにしているだけだとしても、それまでは彼の恋人でいられる。


午前中いっぱい使って家具を選び配送手続きを頼むと、今度は式場見学のためにホテルへ移動だ。選ぶ物がたくさんあり時間が過ぎていくのが早かった。ぐるぐると苦悩せずに済むのは有り難いが、なかなか忙しい。

「疲れただろう、移動の間は休んでおけよ」

「今日の夜はよく眠れそうです」

昨日はほとんど眠れなかったし。そう心の中で呟くと、彼の手が伸びてきて、頬を摘ままれた。

いきなりなにをするのかと隣を見て、はたと気づく。

(そうだった……実樹也さんはそのつもりなのよね)

実樹也との話し合いについてばかり考えていて、すっかり忘れていた。だが、彼と今夜どうなるかは話し合いによってだ。

「寝られると俺が困る」

実樹也はそう言ってこちらをちらりと見て口元を緩めると、車の中に籠もった空気を入れ換えるために窓を開けた。

「わ、わかってます」

「ならいいけど」

彼は小さく笑って、前を向いた。

(紫門から話を聞くまでは、二人で泊まることばっかり考えて、浮かれてたのに)

実樹也から求められたことが嬉しくて、自分ばかりが期待をしていたわけではないと知り、胸を撫で下ろしていた。けれど今は、彼の真意がわからない。

都会とは思えない壮大な眺めの庭を横目に見ながら、ホテル前の車寄せを通り駐車場への坂道を下った。駐車場の出入り口はホテルロビーがある建物とは別の棟にある。チャペルや披露宴会場は別棟にあり、ホテル棟とは連絡通路で繋がっている。

車を止めて、手を繋ぎホテル棟のロビーへ歩いた。

エントランスを抜けると、真っ白の床、いくつものクリスタルガラスで作られたシャンデリアが目を引く。フロント前にはたくさんの百合《ゆり》が飾られており、その奥には何台ものソファーが置かれていた。

今日、挙式するカップルの招待客だろう。ロビーにはドレス姿の女性、スーツ姿の男性客が大勢おり、ちょうど披露宴が終わったところなのか、ぞろぞろとホテルを出ていく。

「今日の模擬挙式や披露宴は空いているところで行われるんですよね？」

「そうらしいな。予約のとき、一番広い披露宴会場で模擬披露宴と試食会が行われると聞いた。俺たちは招待客が多くなるだろうし、ちょうどいいかもな」

連絡通路からブライダルサロンのある棟へ行き、ロビーで手続きをする。ほかにも見学に訪れた客がたくさんいた。皆、これから夫婦になる人たちなのだ。

なんともなしに周囲を見回していると、値踏みするような視線とかち合う。女性の視線が実樹也を捉え、続けて自分に向けられた。

（っていうか、自分の恋人そっちのけで実樹也さんを見ないでほしい……）

明日華は思わず、繋いだ手に力を込めた。すると、どうしたと案じるような表情が向けられる。なんでもないと首を振ったのに、繋いだ手を一度離し、指を絡ませるように繋ぎ直された。

（この人、絶対に気づいてやってるでしょう）

明日華とて、彼を誰かと比べたり張り合ったりするつもりなど毛頭ないのに、実樹也が一番かっこいいと思ってしまったくらいだ。

何人かのプランナーに案内され、模擬挙式の会場にぞろぞろと連れ立った。

チャペルは百人ほどが収容できる大きな建物で、吹き抜けの高い天井と、窓から見える庭園が目を引く、煌びやかな空間となっていた。窓から差し込む日射しで日中ならばシャンデリアの明かりは必要ないだろうが、夜もまた幻想的な雰囲気になりそうだと想像できる。

プランナーは挙式会場についての説明をすると、見学者たちを招待客用の席に案内した。皆、思い思いに腰かけ、新郎新婦のモデルを待った。

「本番さながらだな」

「ですね」

なにも知らないふりをしていれば、予定通り自分も祭壇前で彼と永遠の愛を誓うのだ。

明日華の気持ちは五年前からずっと変わらない。むしろプライベートの顔を知っていくうちに、気持ちが以前よりはるかに大きくなった。でも――。

妻として愛し敬い、慈しむことを誓いますか。

その言葉に彼はどう返すのだろう。

複雑な気持ちで、指輪の交換を見ながら目を潤ませていると、隣に座る実樹也の顔が近づいてきた。潤んだ目のまま彼の方に顔を向ける。すると、声を潜ませて実樹也が言った。

「婚約指輪は、明日見に行こう」

「……いただけるんですか？」

二人で揃いの指輪をつけるのはまだ先だが、約束の証《あかし》をくれるつもりらしい。目を見開く明日華に、実樹也はなぜ驚いているのかわからないと言いたげな顔をした。

「当たり前だろう。……余計な虫が寄ってくる心配をしなくて済むしな」

その意味を察して、頬が熱くなる。

彼はうっすらと笑みを浮かべ、退場する新郎新婦に視線を向けた。

（それも手なのかな……なんだか、本当に愛されてるみたいに思っちゃう。私以外の女の人にも同じように言っているのかもしれないのに）

恋愛経験が豊富だと、複数の女性と同時に交際しても上手くやれるのか。

実樹也はこの交際に決して〝手抜き〟をしない。

互いの条件が上手く噛みあったための結婚だ。明日華は好きな人との婚姻を望み、彼は地位を望んだ。結婚生活が上手くいくように協力するのは当然のこと。

彼の女性関係に不信感を抱かなかったら、実樹也の気持ちが自分に向いていると信じ切っていたかもしれない。

プランナーとの打ち合わせで概算での見積もりを取ったあと、披露宴会場の見学を行った。

広々とした会場は、窓から眺める広大な庭園が絶景だった。落ち着いた色合いではあるが、本番さながらに高砂席《たかさご》やゲストのテーブルが用意され生花が飾られているため華やかな空間となっている。

最後に試食会があり三時間にも及ぶブライダルフェアが終わると、すでに契約を決めていたのか、プランナーと次回打ち合わせについて話をする客や、見積もりだけもらって帰る客など様々だ。自分たちも打ち合わせの予約を取り、披露宴会場を出る。

「和装もいいよな」

実樹也は、会場前の通路の窓から階下の庭を眺めながら口にした。

「実樹也さんは和装も似合いそうですよね」

「俺はどうでもいいんだよ。ほら、あそこで会ったとき、着物を着てただろう。よく似合ってたから、ドレスと着物、両方着ればいいと思っただけだ」

通路の大きな窓からは、見合いで訪れた料亭の屋根と庭がよく見えた。近くを歩く白無垢《しろむく》を着た花嫁の姿もある。

「あら、そんなに綺麗でした？　あのときの私」

「そうだな。俺が見蕩れるくらいには」

茶化すように言うと、意外にも真剣な口調で返されてしまう。彼からの世辞が欲しかったわけではない。ただ、世辞だけとも思えず窺うように実樹也を見れば、微笑みが返された。

「だから、もう一回見たい」

後ろを歩くプランナーの存在を忘れているはずもないが、慣れているのか空気に徹してくれているのがわかると余計にいたたまれなかった。不信感でいっぱいなはずなのに、彼からの甘い言葉一つに喜んでしまう自分がどうしようもない。恋心というものは本当に厄介で始末に負えないらしい。

「……じゃあ、着物も着ます」

きっと明日華の顔は真っ赤に染まっているだろう。

差しだされた手に自らの手を重ねたあと、しばらく彼の顔を見られなかった。

ホテル棟に戻ると、チェックインにちょうどいい時刻になった。

フロントで手続きをする彼をソファーに座って待つ。明日華は話をしなければという緊張で顔を強張らせているというのに、実樹也は平然とした様子だ。

(やっぱり、こういうのも慣れてるんだろうな)

過去、ホテルで見た彼と女性の姿を思い浮かべてしまい、ため息が漏れる。

「あ、はい」

「行くか」

差しだされた彼の手をぎこちなく握ると、息を吐くような笑い声が聞こえてくる。

「緊張してるか?」

「それは、当たり前です」

明日華が言うと、彼の笑みがさらに深まった。

エレベーターに乗り込み向かった部屋は、リビングとベッドルームの二部屋からなる洋室のエグゼクティブスイートだった。

大きな窓の取られたリビングルームは、ソファーセットとデスクが置かれており、ベッドルームにはダブルベッドとチェスト、一人用ソファーが置かれているだけのシンプルな造りだ。

彼は入り口脇にあるクローゼットに荷物を入れて、明日華の手を引いたままソファーに腰かけた。

意識しすぎていると自分でもわかっているが、どうやって切りだそうかと考えていると、彼の一挙手一投足にいちいちびくついてしまい、そのたびに噴きだすように笑われる。

「中途半端に食ったからな。腹減ったようなそうでもないようなな。ルームサービスでも取る？」

「私はさっきの試食会のハーフコースで十分でしたけど、実樹也さんは足りませんよね」

試食会では、前菜やメインといった料理が四品ほど用意されていた。

量は当日用意されるものの半分ほどだと言うが、説明を聞きながらゆっくりと味わっていたから
か、物足りなさはなかった。

「ここのルームサービス、メニューも豊富だってさっきのプランナーさんが言ってましたよね。実樹也さんがなにか頼むなら、私もデザートとか頼んじゃおうかな……あっ」

緊張のあまりぺらぺらと喋り続けながら案内を手に取ると、手が滑り冊子が床に落ちた。

「あぁ、ほら、ちょっと落ち着け。そんなにすぐ押し倒さないから。先週はちょっと俺も切羽詰まってて余裕がなかったんだよ」

実樹也は明日華が落とした館内のパンフレットを拾い、ソファー前のテーブルに戻した。隣に座る明日華はそう言われても気が気じゃない。

いまだかつてこんなにも緊張したことがあっただろうか。明日華は自分でも度胸がある方だと思っている。戸波に入社したとき、〝腰かけ〟だと言われているのを知っていても臆さなかったくらいだ。それに、一つのことでぐるぐると悩むタイプでもない。大概のことは一日経てば忘れてしまえるが、今日だけは別だ。彼の返答如何《いかん》によっては、今日でこの関係が終わってしまうのだから。

「見学してどうだった？　見積もりは出してもらったけど、念のため、ほかにも式場を見に行ってもいいんだぞ？」

彼は緊張しきっている明日華を落ち着かせるためか、話を変えた。

「あ、っと……私は、ここがいいと思いました」

「だろうな、そういう顔をしてたから一応確認しただけなんだが」

そんなにわかりやすいだろうかと両手を頬に当てると、その手を取られて実樹也の膝の上にのせられた。些細《ささい》な触れあいでさえ心臓が脈打つ。

（紫門が見たって女性とも、こんな風にしてたのかな）

指先を弄られているうちに、少しずつ身体が近づいていき、肩と肩が触れあった。

もしかしたら今日で最後かもしれない。そう思うと、離れがたさが大きくて、つい甘えるように寄りかかってしまう。

反対側の腕で肩を引き寄せられるが、彼の触れ方からいやらしさは感じない。ただ、明日華の緊張を解《ほぐ》すように頭を撫でられ、強張った肩から力が抜けていく。

「和装を見せてくれるんだろう？　あの料亭でも写真を撮ってもらおうな」

本当にその日が来ればいいと思いつつ、明日華は拳を握った。

「あ、あの」

「実は、話しておかなければならないことがあるんだ」

明日華が切りだすと同時に彼が口を開いた。弱気な明日華よりも彼の声の方が大きくて、自分の声がかき消える。

「話しておかなければならないこと？」

「あぁ」

隣を窺うと、実樹也の顔にはありありと気が重いと書いてあり、どんな仕事でも難なく熟《こな》す彼にしては珍しいと思った。

「俺の、姉についてだ」

まさか菫の話題がここで出るとは思わなかった。明日華には話したくないのだと思っていたが、どういう心境の変化があったのだろう。

「……あの、実樹也さんが苦手だって言う？」

彼はゆっくりと首を縦に振った。教えてくれるつもりでいるのだろうが、その顔にはまだ迷いがあるように見える。

「ずっとはぐらかしていて悪かったな。あまりに自分が情けなかったんだ。お前が、聞かないでいてくれることに甘えていた」

「なにか、あるのかなとは思ってたので……あの、実は」

明日華は、菫から電話がかかってきたことを話した。その内容も。

実樹也はそれを聞いても、驚いた顔をしなかった。

「あの人がやりそうなことだな……明日華を脅すような真似をするなんて。いやな思いをさせて、本当にすまない」

実樹也は申し訳なさそうに頭を下げた。彼が謝る必要なんてないのに、そう思ったが気持ちは理解できる。実樹也の親族である以上、結婚すれば切っても切り離せない。

「いえ……」

「絶対にお前には手を出させないから」

実樹也は決意を含んだ目で言った。

「……あの、私は大丈夫です。まだなにかされたわけじゃないですし。お姉さんは、実樹也さんが心配だったのではないでしょうか」

違うだろうなと考えながらも、悄然とした実樹也の顔を見ているとそう言わずにはいられなかった。あれは、弟を心配する姉というより、恋人を奪われ嫉妬している態度に感じた。

明日華の表情で本心ではないと伝わってしまったのか、実樹也は苦笑しながら首を横に振った。

「いや、あの人が俺の心配なんてするわけがない。俺が明日華と結婚して、自分のおもちゃが失われるのがいやなだけだろう」

「おもちゃ……」


——昔っからあいつは私には絶対に逆らわないの。


当然のように菫はそう言った。実樹也をまるで物のように。

「どうして、おもちゃだなんて」

「そういう人なんだ。うちの母は長らく不妊に悩んでいて、父との話し合いで、養子を取ることにしたんだそうだ。それで両親に引き取られたのが姉だ」

「そうだったんですか。あの……実樹也さんもですか？」

「いや、姉を引き取って一年も経たずに奇跡的に俺を妊娠したと聞いた。両親はどちらも実子として区別することなく育てると思ったそうなんだが……いつか姉に本当のことを告げたときに、少なからずショックを受けさせてしまうと覚悟していたからか、姉に対してはすごく甘かった」

実樹也はそう言って、ため息をついた。

彼が小学校一、二年の頃。新年の集まりで酒に酔った親戚が、子どもたちのいる前で、菫が養子であることを話してしまったのだという。彼の両親は仕方なく、菫に自分たちとは血の繋がりがないこと、引き取った経緯を話して聞かせたらしい。

養子であることを告げたあとの菫は、元々のわがままに拍車をかけたように荒れた。そして事あるごとに『私が本当の子じゃないから』と言って両親を困らせていたと彼は続けた。そう言えば、親がなんでも言うことを聞くと思ったのだろう。

彼の両親の気持ちはわからないでもない、と明日華は思った。実樹也の話を聞く限り、その愛情はまったく伝わってはいないようだが。

「もっと年齢が離れていればそうはならなかったかもしれないが、姉はとにかく俺と比べて自分を優位に置きたがった。俺の持っているものを羨ましがって奪ったり、手に入らないと壊したりな。両親は大人になれば落ち着くと考えていたようだが、取り繕うのが多少上手くなっただけで、今でも本質はなにも変わっていない。むしろ地位を得たことで、増長したな」

「お姉さんは、実樹也さんは自分には逆らわないと」

「親に……言われていたからな」

実樹也はますます苦渋に満ちた顔でそう言った。

「なんて?」

「俺が大事にしているものを奪うのも壊すのも、愛されている自信をなくしているから。だからしばらく我慢してほしいと。それも仕方がないと思った。血が繋がっていないと知って、俺も少なからず姉に同情したんだ。子どもながらに、もし自分が本当の子じゃなかったら、と考えた。それに、あんな人でも家族だからな。実際、しばらくすると姉は落ち着いたように見えた」

実樹也はそこで言葉を切り、自分を落ち着かせるように深く息を吐いた。

たしかに菫には幾ばくかの同情の余地はあるのかもしれない。しかし、それではずっと実樹也が耐えなければならないではないか。明日華は幼い実樹也に思いを馳《は》せ、唇を噛んだ。

「でも、あの人は親の前で本性を隠していただけだった。むしろ自己中心的な考えはひどくなった。なにをやっても怒られないんだから当然だよな。で、問題を起こすたびに養子であることを持ち出して両親に泣きつくんだ」

彼は過去を思い出したのか、苛立たしげに頭を左右に振った。姉の話を出したとき、忌々しそうな顔をしていたのはだからなのかと腑《ふ》に落ちた。

「このままでは一生あの人から逃れられないかもしれないと思った。あの人は、おもちゃである俺に執着してたから。縁を切ろうと思ったのは一度や二度じゃないが、なにかあったときに止められるのは家族だけ。そう思って我慢をしていたが、限界だったんだ。だから大学入学を機に一人暮らしを始めた」

　当然、一人暮らしをするときも大反対に遭ったけどな、彼はそう言った。

　その後、菫は葛城食品に入社した。父や菫から話を聞く限り、表面上は上手くやっているように見えたという。しかし、菫を見ていると、それまでの傲慢な性格を改めているとも思えず、いつか問題を起こすのではないかと彼は危惧していたようだ。

「俺はあっちの仕事に関して詳しくない……ただ、姉が葛城食品の副社長の地位を得たのは、なんらかの取引があったんじゃないかと思ってる」

「取引、ですか？　どんな？」

「たとえば、社長である父に気づかれないように、誰かの実績を金で買うとか、取締役たちの弱みを握るとかな。昔からそういう悪知恵ばかり働かせていたから」

「うそでしょう……」

　愕然とした明日華の呟きに、実樹也は「うそや冗談だったらいいよな」と返す。

「そういうことを平気でやる人なんだよ。役員になんてしない方がいいと、甘い父には何度も言ったんだがな。前に言っただろ？　俺が戸波に入社したのもあの人から逃れるためだって。それをあの人が知ればなにをしでかすかわからなかった。自分のおもちゃである俺が逃げるのを、あの人は良しとしない。だから『いつか姉さんの下で働くために力をつけたい』と誤魔化して、別の会社……戸波を受けた」

　もしかしたら、菫にとってはそれも気に食わなかったのかもしれない。実樹也を手駒のように思っている菫からすれば、その実績を自分のものとすることができなくなったのだから。

実樹也と明日華が結婚すれば、彼を自分のいいように使えなくなる。それで反対していたのだろうか。しかし、納得はできるものの、喉の奥に小骨が刺さっているような感覚がする。

そうだ、あのとき菫は、実樹也があなたを選ぶわけがない、と言ったのだ。その言い方が妙に気に掛かる。まるで実樹也が選ぶ相手は自分だと言いたげではないか。

実の姉がそんなことを言うわけがないと、その考えを振り払ったが、血の繋がりがないとしたら話は違ってくる。

(おもちゃだなんて、思ってないんじゃない?)

菫の口調からは実樹也への執着が感じられた。

そのとき、ホテルで見かけた女性、紫門から聞いた女性の話を思い出し、明日華はひゅっと息を呑む。明日華が知る彼の元恋人と、紫門が見た女性は同一人物なのではないか。

そしてそれは、実樹也の恋人などではなく――。

「あの、もしかして、実樹也さんの恋人だって噂されていた女性って」

ただの勘でしかなかったが、同時にその勘は間違っていないと確信があった。過去の女性との関わりを思わせるような言動のほとんどは、菫に通ずるものだったのかもしれない。

すると、すぐに思い当たったのか、実樹也が頷いた。

「あの傲慢な性格のせいで、誰からも相手にされないんだろう。近づいてくるのは金目当てのホストくらいのものだ。と言っても金が尽きればホスト遊びも難しくなる。それで、虚栄心《きょえい》を満たすためかしょっちゅう俺を呼びだすんだよ。癪《しゃく》だがそれで誤解されたのかもしれない」

「呼びだし、断らなかったんですか？」

明日華が聞くと、実樹也はうんざりした様子で首を横に振った。

「断ったさ。でも、何度か姉の呼びだしに応じずにいたら、弟になにかあったかもしれないとマンションに警察を呼ばれてな。騒ぎになったんだ。警察の前で心配したと泣き喚《わめ》かれちゃどうにもならなかった」

非常識な人だと思いつつも、それを聞いて肩から力が抜けた。

やはり明日華がホテルで見かけたあの女性が菫だ。一緒にいたのは実樹也の話からするとホストなのだろう。そういえば客と店員のような会話をしていた。

「あの、昨日の夜も……？」

「あぁ、そうだが、どうして知ってるんだ？」

明日華は安堵で深く息を吐いた。誤解であればいいと思いつつも、半信半疑だったのだ。元恋人でもなければ浮気でもないとわかり力が抜ける。

「紫門……友人が、実樹也さんを見たって、連絡をくれて」

「誤解させたか？」

「……はい」

実樹也は、窺うように明日華の目を見つめながら手を取った。

「だから今日ずっと……気もそぞろだったんだな」

実樹也は気づいていたらしい。

「ちゃんと話をしなきゃって思ってて……すみません」

「謝るのは俺だ。今夜のことを考えて、緊張しているのかと思ってた。もっと前に話しておくべきだったな」

「いえ……」

「不安にさせて……すぐに言えなくて悪かった。恋人としてかっこ悪すぎてな。でも、そんな男としてのプライドより、明日華のことを考えるべきだった」

明日華はなにも言わずに首を横に振った。

事情を聞き、実樹也の口が重かった理由もわかった。家族の問題だ。他人においそれと話せることではない。明日華に隠すべきではないと判断してくれただけでも嬉しい。

「昨日、姉と会ったあと実家に顔を出した。そこで父から、密《ひそ》かに内部調査を行うと聞いた。姉は、特定の会社と不正取引をしている可能性があるようだ。ただ……ことが明るみに出るまでは、姉のことでまた迷惑をかけるかもしれない」

「それは……大変ですね。私に話してくれて、ありがとうございます」

「俺との結婚がいやになってないか？」

実樹也は不安そうな声色で言った。指先を強く握られて、明日華は必死に首を横に振る。すると安心したように微笑まれた。

「でも、どうして今日、話してくれたんですか？」

明日華の問いに、実樹也は決まりが悪そうに目を逸らした。

首を傾げていると、ややあって返される。

「……抱いたら、離してやれないと思ったんだよ。それに、黙ったまま手を出したら、俺がお前を騙《だま》しているみたいじゃないか」

実樹也はぼそりと言って、手を離した。彼の横顔は微かに赤く、照れているのがわかる。

もしかしたら、菫の話を聞いて明日華が結婚をためらうと思ったのか。明日華になにも話さないまま身体を重ねるのは卑怯《ひきょう》だとでも思ったのかもしれない。

そこまで実樹也が自分を大事に想ってくれているとは想像もしていなかった。つい口元を緩ませると、はぐらかすように彼が明日華の手を離してソファーから立ち上がる。

「喉、渇いたな。なにか飲むか？」

「じゃあ、ミネラルウォーターを」

「取ってくる」

すぐに戻ってくるとわかっているのに離された手に寂しさを覚えて、彼のあとを追うように明日華も立ち上がった。

「どうした？」

すぐ後ろにいる明日華に驚いたのか、実樹也は冷蔵庫から取りだしたペットボトルをカウンターに置いて、明日華の頬に触れた。

「ずっと、手を繋いでいたので……なんか、寂しくなっちゃって」

素直に言うと、ぐっとなにかをこらえるような顔をした実樹也が、ペットボトルの蓋を開けて、一気に水を飲み干した。

そして深く息を吐き、もう一本のミネラルウォーターを開けて、明日華に手渡す。

「ありがとうございます……わっ⁉」

水を飲み終えてペットボトルの蓋を閉めようとした瞬間、その場で腰を引き寄せられた。手に持っていた蓋が床に転がり、もう一方の手に持っていたペットボトルを落としそうになるが、力強く抱き締められているおかげで胸と胸の隙間に収まっている。

「驚かせないでくださいっ」

「……お前が悪い」

互いの胸の間に挟まったペットボトルを奪われた。実樹也は開いたままのペットボトルをカウンターに置き、明日華の身体を荷物でも持ち上げるように抱えた。

「実樹也さん⁉　いきなりなに……っ」

彼に抱き上げられ、浮いた足をぶらぶらさせながら座っていたソファーに戻る。彼の膝の上に抱っこされており、先ほどよりも距離が近い。

驚いたせいで、まだ心臓がばくばくと激しい音を立てている。背後にいる彼を睨むように見つめると、前に回った腕の力が強まった。

「も～本当に驚いたんですから！」

「じゃあ、抱き締める前に、これから抱き締めるけどいいかって許可を取るのか？」

そういえば、先週のキスも突然だったな、と実樹也のセリフで思い出す。突然なにかのスイッチが入ったかのように行動を起こすから、心臓に悪い。

「全然そういう雰囲気じゃなかったでしょう？　さっきまで真面目な話をしてたのに」

「そうか？　誘ってるようにしか見えなかったが」

実樹也は話をしながら、明日華の首筋に唇を押しつけた。

「誘ってなんて……っ」

どうして急に〝その気〟になったのかはわからないものの、彼に触れられることを望んでいる自分の口から拒絶の言葉は出てこない。

「誘ってないなら、男に〝寂しい〟なんて言うなよ」

彼の言葉から、スイッチを入れたのは自分だと理解する。腰の辺りを撫でる手が明日華のシャツをスカートから引っ張りだし、先を急ぐように肌に触れた。余裕のなさそうな手の動きに、明日華の興奮も高まっていく。

「誘ってるとかじゃなくて……ほっとしたら、離れがたくなっちゃっただけです。実樹也さんに触られてると嬉しくて」

実樹也に触れられていると恋人であると実感できる。それだけではない。明日華はこんなにも誰かに触れたい、触れられたいと思ったのは初めてだった。繋いだ手が離れていくこと、抱き締められる腕が解かれることに喪失感を覚えるなんて、知らなかったのだ。

「それ、結構くるから、やめろ」

実樹也は苦しげに言うと、明日華の身体を反転させて、噛みつくようなキスをした。

「それってな……ん、ふぅっ……んんっ」

強引に隙間を割って入ってきた舌に口腔をかき混ぜられ、舌を搦め取られた。唾液がくちゅっと泡立つ音が口から漏れて、蠢《うごめ》く舌の心地好さに頭がぼんやりする。

「気持ち、い」

明日華は身を捩り、うっとりと目を細めた。彼の目に自分が映っていることが嬉しい。瞳はたしかな熱を孕んでおり、身体の興奮も伝わってくる。

(好きって、言ってほしいな……うそでもいいから)

いつか実樹也と同じだけの気持ちが得られればと思っていたが、もうそれでは足りない。好きだと言ってほしい。愛してほしいと望んでしまっている。

「私のこと、少しは、好き?」

そう聞いたのは無意識だった。

縋るように彼のシャツを掴んでしまう。かなり大事にしてくれているのはわかったが、やはり言葉がほしかった。もし彼が明日華に対してそこまでの感情が持てなくとも、彼ならば上手くうそをついてくれるという確信もあった。

すると勢いよく唇が離され、思ってもみなかった言葉がかけられた。

「なに言ってるんだ、お前は」

「え……?」

言葉が欲しいと思うのは、それほどおこがましいことだったろうか。明日華が少なからずショックを受けていると、彼が呆れたようにため息をついた。

「ようやく捕まえたんだ。優しくして惚れさせて、お前を逃がさないように必死だったんだが、気づいてなかったか？」

明日華が首を横に振ると、彼は安堵したような照れくさそうな顔をして続けた。

「正直、俺は……自分が結婚するとも、できるとも思っていなかった。姉のせいでとことん女が苦手になっていたし、好きな女ができたとしても、あの姉が家族である以上な……でも」

実樹也にそこで言葉を切り、明日華を真っ直ぐに見つめた。愛情の籠もったその視線に、期待が高まり止められなくなりそうだ。

「姉と決別してでも、明日華が欲しいと思った。そうじゃなきゃ、同棲も結婚もこんなに急ぐものか。お前をどうにかして、俺に縛りつけておきたかっただけだ」

「え、だってそれは……」

明日華を手放したくないと思うのは、自分の出世のために都合がいいからではないのか。父の娘である自分と結婚すれば、出世への足がかりになると考えたわけではないのか。そうでなければ、あんな風に見合いであっさりと婚約を受け入れるはずがないと思っていたが。

「それは？　なんだと思ってたんだ？　こっちは姉の件を打ち明けて振られやしないかと、内心気が気じゃなかったんだぞ」

それではまるで、明日華自身を好きだと言っているように聞こえる。

「私が社長の娘だからだと……出世の足がかりになると思ったわけじゃないんですか？」

「出世のために結婚するわけないだろうが」

「そうなんですか？」

「まさか……そこまで伝わってなかったとはな。悪かった。焦っていたにせよ、俺が言葉足らずだったな」

明日華が言うと、実樹也は苦虫を噛みつぶしたような顔をして、ため息をついた。

「もちろん出世がいやなわけじゃないぞ。正当に評価されるのは嬉しい。でも俺が戸波で目立てば、あの人がなんらかの行動を起こす可能性があった。取引先として葛城食品を優遇しろぐらいは言ってくるかもしれない。俺のせいで戸波に迷惑をかけるわけにはいかなかった。だから取締役の候補に名前が挙がっときは断ったんだ」

実樹也はうっすらと口角を上げた。

「でも、お前と結婚できるなら、腹をくくるのも悪くないと思ったんだよ」

その言い方では、明日華と結婚するために地位を望んでいると言っているように聞こえる。明日華は瞬《まばた》きもせずに実樹也の顔を凝視することしかできなかった。


——俺もそろそろ腹をくくるかな。

この言葉の意味を深く考えたことはなかった。腹をくくって結婚してもいいか、その程度だとばかり思っていたから。

「出世なんてしなくても、私の気持ちは変わりません」

「カッコつけさせてくれよ。家族だから仕方がないと諦めるのは、もうやめる。俺は、なんの憂いもなく、明日華と結婚したい」

額を押し当てられて、真剣な視線が真っ直ぐに向けられる。

「好きだよ。ずっと前から、大好きだった」

触れるだけのキスが贈られて、啄《ついば》むように何度も何度も唇が触れた。

腹をくくる、と言ったのは、明日華と結婚するために、身内の情を捨てて菫と決別することを指していたのか。それに、ずっと前から、だなんて。

「うそ……そんな態度、全然」

「部下に惚れたって、それを態度に出せるわけないだろうが。お前だってそうだっただろう？」

「私？」

「あの見合いの日にはっきりしたが……ここ最近は、もしかしたらと思ってたよ。態度には出ていなかったが、明日華は顔に出るからわかりやすい」

好意に気づかれていたと知り、明日華の頬に熱が籠もる。

彼は唇が触れあう直前でキスを止めて、目を細めた。どうしてかと拗ねた目を向けると、ソファーの上にゆっくりと押し倒される。

「だから、見合いは俺にとっても渡りに船だった」

「そうだったんですか」

「よかったよ。お前が、つい、俺の名前を出してくれて」

お見合いの日を思い出しているのだろう。実樹也が思わずと言った様子で笑う。

「お見合いをするなら好きな人としたいって、父にわがままを言ってよかったです」

そうでなければ、今頃自分たちはまだ、上司と部下の関係だったかもしれない。あの日があったから、今こうして彼と一緒にいられるのだ。

「ほかの男と見合いをするところだったと聞いて、肝が冷えた」

「私が、御曹司とお見合いしてたら、どうしてました？」

父の言いなりになって御曹司との見合いに臨むなんて未来はあり得ないが、つい気になって聞くと、実樹也が不快そうに眉を寄せて、呟いた。

「考えたくもないが……辞表を提出した上で明日華を攫って、どこかに逃げてたかもな。さすがにあの人も海外までは追いかけてこないだろうし」

「ふふ……それも楽しそうですね」

彼はそう言うと、明日華の唇をいたずらに舐めた。

「明日華を愛してるよ。最初はわがままなお嬢様だとばかり思ってたのにな。負けん気は強いし、へこたれないし、そういうところを可愛いと思い始めたら、もう止まらなかった。たぶんお前が思っているよりずっと、俺の愛情は重いぞ」

もういいか、とでも言うように、舌で唇をノックされた。薄く口を開けると、彼の熱い舌が滑り込み、口腔を弄られる。

「……ッ、ん」

貪るような性急さに、先週覚えたばかりの息継ぎを忘れそうなほど翻弄された。舌でくちゅ、くちゅっとかき回されて、泡立つ唾液が口の端から溢れだす。

助けを求めるように実樹也の背中に腕を回しぎゅっとしがみつくと、ますます深く唇が重ねられる。鼻と唇の隙間から漏れる息遣いが甘さを増し、角度を変えながら、唇の周りが唾液でべとべとになるほどキスが繰り返された。

「ふぅ……っ、は」

キスをしているだけなのに、眠りに落ちる直前のような心地好さに包まれ、全身から力が抜けていく。唇から伝わる熱が全身に広がり、ソファーの上で立てた膝が無意識に揺らめいた。

腰が重くなり、足の間がじっとりと濡れてくる。敏感な部分に触れてほしくてたまらず腰をくねらせると、気づいた実樹也が明日華の細い腰を妖しく撫でた。

「あっ、ん」

思わず唇を離し、気持ち良さげな声を漏らしてしまう。

「気持ち良くなる練習、ちゃんとしたか？」

すると、囁くように問われて、カッと頬に熱が走った。

先週、触れれば触るほど快感に慣れるから気持ち良くなる練習をしておけ、とそう言われたのだ。

明日華が羞恥で潤む目を細めて睨むと、答えを言わずとも理解したのか彼が薄く笑った。

「ちゃんとできたみたいでよかったよ」

「ひどい……です」

「どこがだよ。一緒にセックスを楽しめるようにするための配慮だろうが」

実樹也はそう言って、明日華のスカートを捲り上げると、ショーツをするすると脱がした。膝を強引に開き、すっかり濡れそぼる足の間に視線を向けて楽しげに口元を緩める。

「ほら、キスだけで濡れるようになっただろ」

「見ないでくださいっ」

シャワーも浴びていないのに、じっくりと恥部を見られる羞恥に堪えきれず、慌てて足を閉じようとするが、実樹也が足の間に膝を差し込んでいるため叶わない。

「今日は全部見るよ。俺も結構限界なんでな」

彼は着ているシャツを脱ぎ、スラックスのベルトを片手で外した。

「シャワー浴びるか？」

「当たり前ですっ！」

明日華は真っ赤な顔で何度も頷いた。

すると、先ほどと同様に担ぎ上げられて、ぶらりと足が宙に浮く。

「この抱え方なんとかならないんですかっ!?」

「お姫様抱っこが希望か」

「そういうわけじゃないですけどっ！」

「脇に手を入れて抱き上げた方が楽だろうが」

「効率的……って、そうじゃなくて！」

「きゃんきゃんうるさいよ。恥ずかしいのはわかったから触らせろ」

洗面所の床に下ろされて、シャツとスカート、ブラジャーがあっという間に脱がされた。

実樹也はさっさと自分の服をも脱ぎ捨て、ガラス張りの個室になっているシャワーブースに足を踏み入れる。

「あの、一人ずつ入ればいいのでは……？」

恥ずかしさも忘れて言うと、呆れたように睨めつけられた。

ぎりぎり二人が入れるくらいの広さしかないシャワーブースに立っていると、どこかしらが触れあってしまう。下肢に当たる彼のものはすでに臨戦態勢で、なにを言わずとも「この状態で待てと？」そう聞かれているのがわかり、明日華は口を噤んだ。

「洗ってやるから、後ろ向け」

言われるがままガラスの壁に手を突くと、実樹也は明日華の髪を濡らさないように温まったシャワーを肩にかけた。

「細いな……肩も腰も」

流れ落ちる湯を追うように実樹也の手のひらが肩から腕、腰を撫でた。

「んっ」

くすぐったさに肩がぴくりと震えて、シャワーブースの中で甘ったるい声が響く。シャワーの湯が止まり、泡立った手のひらで緩やかな曲線を描く腰を撫でられた。

「はぁ……ッ、あ、ん……くすぐった」

「くすぐったいだけじゃないだろう」

泡立った手が前に回されて、ふるりと揺れる乳房が包まれる。上下左右に揺らされ、中央に寄せるように揉みしだかれていくうちに、自分にとってただの肉の塊でしかなかったそこから快感にも似た疼きが生まれてくる。

実樹也に触れられると、おかしくなってしまう。乳房を揉まれることがこんなにも心地いいなんて知らない。またもや新しい感覚を教え込まれて、頭の中が快感一色に染まってしまう。

「あぁっ、そこ、だめぇ……っ」

柔らかい乳首を捏《こ》ね回されて、きゅっと先端を摘まれた。

彼から与えられる快感が心地好くて、たまらない気分になる。自然と腰が揺れて、臀部に押し当てられる剛直を擦り上げると、ますます淫らな手つきで責め立てられた。

「あっ、はぁ、はっ、ん」

乳首を指の腹で弾《はじ》かれ、血液が凝縮するようにそこが徐々に硬く凝ってくる。つんと尖る乳嘴《にゅうし》を素早い指の動きで擦り上げられて、いよいよはしたない声が我慢できなくなる。自分の口から漏れるよがり声がバスルームに反響する恥ずかしさに耐えきれず、ぎゅっと唇を噛みしめると、乳首を弄っていた指先で唇を突かれた。

「我慢なんてしなくていい。もっと聞かせろよ」

「ひぁっ」

摘まみ上げた乳嘴をくにくにと捏ねられ、背中を仰け反らせながら甲高い声を上げる。

ガラスの壁に縋りつくような体勢で身体を預け、腰が重くなるほどの快感に耐えるものの、下腹部の疼きはひどくなっており、閉じた足の間から溢れた蜜が太腿を濡らしている。その間も、そそり勃った雄芯をぐいぐいと双丘に押しつけられており、全身から玉のような汗が滲みだす。

「あぁ、や、ん……も、それ」

そこを弄れば、ひときわ強烈な快感を与えてもらえるともう身体が知っている。彼の言葉を信じて、毎日のように触れていたから。思わず手を伸ばしそうになって、ぎりぎりのところで理性がそれを押し止めた。

「胸、ばっかり、や」

明日華はいやいやと首を振りながら、太腿を擦り合わせた。すると、背後から楽しげな声が聞こえてくる。

「こっちも触ってほしくなった?」

いたずらな指先に恥毛の中心をつんと突かれて、腹の奥がきゅうっと痛いほどに張り詰めた。とろりと新たな愛液が溢れ、彼の指を受け入れるように足を開いてしまう。

「すっげぇ濡れてる」

耳元で囁くように言わないでほしい。自分でも十分にわかっている。触れられてもいないのに、蜜が滴るほどに濡らしてしまっているのだと。その羞恥と恥辱でどうにかなりそうなのだ。

明日華が真っ赤な顔を隠すように俯いていると、恥毛をくすぐっていた指先が奥へと潜り込んでくる。

「こないだよりずっと感じやすくなったな」

「あ、あぁっ、だって……実樹也、さんが」

ぐっしょりと濡れた秘裂を優しく撫でられて、頭の中に響くほど心臓が早鐘を打った。

「可愛いよなぁ、俺に言われて、その通りにしちゃうんだから」

「な……っ」

そうしろと言ったではないかと、非難の目を背後に向けるが、敏感な部分に触れられている状態ではなんの抵抗にもなりはしない。陰唇をくすぐる指の動きが速くなり、愛液の泡立つ、ぬちゅ、くちゅっという淫靡《いんび》な音が響く。

「俺に抱かれたくて、そうしてくれたんだってわかってるから嬉しいんだよ。ほら、洗うんだからおとなしくしてろよ」

洗っているというより愛撫《あいぶ》されているとしか思えない手つきだ。襞を捲るように指の腹で擦り上げられ、丁寧に撫でられる。

「流すぞ」

息も絶え絶えになった頃、ようやく彼の手が離れていき、シャワーの湯が肩からかけられた。

シャワーブースの壁にもたれかかり、身体についた泡が流れていくのを眺めていると、明日華の半分の時間もかけずに自分の身体を洗い終えた彼が、シャワーブースから出ていった。

彼は飲みかけのペットボトルを手に戻ってくると、洗面所に置いてある大判タオルで明日華の濡れた身体を包み込む。そしてペットボトルの水をぐいっと口に含み、そのまま明日華の唇を塞いだ。

「んんっ!?」

突然、口の中に入ってくる水に驚き、そのまま飲み込んでしまう。長くシャワーを浴びていた身体は水分を欲していた。

「もっと、ください」

実樹也の肩に手を当てて、うっとりと目を細めると、二口、三口と水分を与えられた。

「もういいか？」

「……はい」

満足したところで来たときと同様に抱え上げられた。

「また、これですか……」

「慣れろ」

彼は明日華の両脇を抱えると、寝室のベッドの上に下ろした。

身体に巻きつくタオルを丁寧に剥《は》がされて、片方の足をぐいっと持ち上げられた。まじまじと濡れたそこを覗き込まれると、落ち着いてはいられない。

「それ、やです」

「だから慣れろって。痛くないようにするんだから」

実樹也は一度身体を起こし、手にしたなにかをベッドの上にばらばらと落とした。枕の近くにぽどりと落ちた避妊具が視界に入ると、生々しさを増長させる。

思わずそれから目を逸らすと、開いたままの足の間に彼が顔を近づけてくる。

「え、ちょ……」

そんなじっくり見られるとは思ってもいなかった明日華が、足をばたつかせて閉じようとするが、男の力に敵《かな》うはずもない。

まだ水分の残る恥部を伸ばした舌先でぺろりと舐められて、腰が大袈裟《おおげさ》なほどに震えた。

「やっ、あっ」

「さっきので、ここも勃ってる」

尖らせた舌で開いた陰唇の上部をつんつんと突かれると、全身が期待にぶるりと震えて、湧き上がる快感を抑えられない。

舌先で包皮を捲り上げられて勃起したクリトリスをこりこりと弄られる。舌がそこをぬるぬると行き来すると、途方もないほどの心地好さが全身を駆け巡った。

「ひぁぁっ」

明日華は背中を波打たせながら悲鳴じみた声を上げた。開いた膝が強張り、下腹部がぎゅうっと収縮する。硬くなった芽を唇で咥《くわ》え、尖らせた舌で先端をちろちろと舐られた。

そこを指で弄られるのとは比べものにならない強烈な快感が幾度となく押し寄せてくる。ざらついた舌で敏感な陰核を舐められ、蜜口ごと貪るように愛液を啜られた。ぐちゅ、じゅっと卑猥な音が響き、彼の口に押しつけるように腰を浮き上がらせてしまう。

「ん、あぁっ、それ……だめぇ、だめなの……もうっ」

自主練の成果だろうか。たった一週間で快感に慣れてしまった身体は、呆気なく陥落しそうなほど追い詰められていく。背筋からぞくぞくとした痺れが湧き上がり、隘路が彼を欲して蠢いた。

「ほら、中もしてやるから」

彼は舌の動きを緩やかにして、足の間に手を忍ばせてくる。愛液にまみれた陰唇を指の腹で軽く擦り指を濡らすと、ゆっくりと蜜口を押し開くようにして突き挿れた。

「あ、あぁっ」

身体を貫く太い指の感覚に満足げな吐息が漏れた。

「すんなり入ったな」

彼はそう言いながら、指をぐるりと押し回した。指の腹で蜜襞を擦り上げながら、くちゅ、くちゅと腫れ上がった花芽を舐め回される。

「あぁっ、あ、はぁっ、んん〜っ」

明日華は彼の髪に指を差し入れて、かき回した。無意識に腰が浮き上がり、舌と指の動きに合わせて、淫らに揺れてしまう。

蜜口から溢れた愛液は股間だけではなく、すでにシーツにまで垂れている。淫らに濡れそぼったそこを凝視され、舐められ、指で弄られる。あまりの羞恥に目眩がしそうだ。

「指、二本入るようになった。それに、ほら、奥」

「あぁぁっ」

付け根まで挿れられた指で隘路の奥を擦り上げられ、感極まったような声が漏れた。奥まった部分をかき回されて、勃起したクリトリスをちゅ、ちゅっと音を立てながらしゃぶられる。

「んぁっ、だめ、や、舐めちゃ、ん、あっ、もう……っ」

過ぎる快感が苦しく、明日華はいやいやと首を振りながら、涙に濡れた目を宙に向けた。ベッドの上で足を開き、あられもないところを男に舐められているなんて。そんな信じがたいほどの淫らさから目を逸らしたくなる。それなのにいやらしい光景が視界に入ってくると、身体が熱く昂《たかぶ》るばかりで、ちっとも落ち着いてはくれない。

「指じゃ届かないところを、俺ので擦ったら、もっと気持ちいい」

彼の言葉に、全身がぞくぞくと甘く痺れた。今以上にもっと気持ちいい行為なのだと言われて、淫らな期待で頭の中が染まっていく。

「ここ、好きだろ。中、いっぱいにして、ごりごり擦ってやるから」

実樹也は長い指をくいっと曲げ、より深い部分を擦り上げた。こうやって男のものを挿れるのだと知らしめるような指の動きで、陰道をかき混ぜる。

「こっちも一緒にな」

同時に、小刻みに揺らすように唾液にまみれた舌を動かされて、頭の中が陶然として、真っ白に染まっていく。全身が形をなくすほどどろどろに溶けて、このままではだめになってしまいそうだ。

そう思うのに、身体は彼から与えられる快感を悦《よろこ》び、抵抗なく受け入れる。

深い部分を指で貫かれるたびに腰が淫らに浮き上がり、誘うように新たな愛液をこぼした。

「はぁ、あっ、だめなの、それぇっ」

つんと尖り存在を主張するクリトリスを根元から舐められ、先端をさらに素早く小刻みに揺らされる。尖らせた舌で根元から扱き上げ、隘路の奥がきゅうきゅうと熱く疼いた。

「そろそろ、欲しくなった？」

なにを、と言わずとも、男を受け入れたくなってきたかと問われているのは理解した。わからないと首を振ると、淫芽をちゅうっと強くしゃぶられ、蜜路の奥がきゅんと甘く疼く。

何度も責められているうちに、なにやら気持ちいいのにもどかしいような心地に包まれ、なすべもなくいやいやと髪を振り乱すしかない。

「やぁ、あ、もう……っ、も……達きたい……っ」

明日華はぶるりと腰を震わせながら、実樹也の頭を掴む手に力を込めた。首を仰け反らせ、感極まった声を上げ、深く息を吐ききる。

その間も、下肢からは引っ切りなしに、くちゅ、ぬちゅっと淫猥《いんわい》な音が響く。花芽を強く啜られるたびに、脳天を突き上げるような凄絶な快感が全身を駆け巡る。

「ひぁあっ」

「指、三本。いいよ、そろそろ達こうか」

湿った音と喘《あえ》ぎ声の中に、彼の興奮しきった声が混じる。宙に向けていた目を下肢に向けると、劣情を孕んだ男の目と視線が交わる。

「三本とも根元まで入るようになったし」

ぐるりと指を押し回されて、凄《すさ》まじいまでの快感に襲われ目の前で星が瞬く。ぐぐっと奥まった部分を擦り上げられると、頭の奥がじんと痺れてなにも考えられなくなっていく。

「これ、気持ちいいだろ？」

「はぁ、あっ、いい、けどっ……なんか、変……あぁっ！　もう……っ」

もう達したくてたまらない。隘路と淫芽を同時に責め立てられ、気持ちいいのに、飢餓感にも似た感覚に引っ切りなしに襲われる。下腹部がぎゅっと張り詰め、痛いほどに収縮する。

「あぁっ、あ、んんっ、はぁ、やっ、も……達く、達く」

髪を振り乱しながら、腰をがくがくと揺らす。下腹部の奥が絶えず疼き、勃起した淫芽をちゅっと啜られるたびに、意識がどこか遠くに引っ張られそうになる。

自分でもなにを口走っているのかわからず、陶然としたまま喘いでいると、実樹也はさらに激しく舌を動かし、明日華を責め立てた。

「ひぁあっ、あぁっ、ん、も、だめぇ――っ！」

ひときわ強烈な愉悦に襲われた瞬間、呆気なく達してしまう。大量の愛液が膣《ちつ》からとろりと溢れだし、それを美味しそうに啜られた。彼の髪をぐっと掴み、背中を波打たせながら、あまりに大きな絶頂感になすすべもなく包まれる。

「――っ⁉」

開いた膝が強張り、痙攣するように腰が震える。息が詰まるほどの衝撃が去っていくと、どっと気怠《けだる》さが押し寄せてきた。

汗でぐっしょりと濡れた全身がシーツに沈む。肩で息をしながら、虚ろな目を宙に向け、足を閉じることとさえ忘れて実樹也を見つめると、身体を起こした彼が濡れた口元を手の甲で拭った。官能めいたその仕草に魅入られながらも、息が整わず声を出すことは叶わなかった。

「はっ、はぁ、はぁ」

「寝るなよ」

実樹也は身体を起こし、先ほど枕のそばに落とした避妊具を手に取った。なんともなしに彼の行動を見つめていると、いまだいきり勃ったままの剛直が視界に入る。

血管の浮きでた赤黒い性器は、腹につきそうなほどにそそり勃っている。バスルームで見たときよりも大きなそれをまじまじと見つめていると、視線に気づいた彼が覆い被さってきた。

「なに？　どうした？」

「もうちょっと、小さく……」

「無理に決まってるだろ」

彼は、ははっと笑い声を立てながら、明日華の足を抱えた。避妊具を装着し終えた欲望を蜜口に押し当てられて、明日華は緊張で息を止めた。

「これだけ慣らせば、痛くないよ」

本当に、と訝る視線を向けずにはいられない。すると、丸みを帯びた亀頭が蜜口を押し広げながらずるりと中へと入ってくる。

「……っ！」

隘路を引き裂きながら、埋め尽くされるような圧迫感がする。

息を詰めてその衝撃に耐えていると、宥めるような口づけを贈られた。一番太い亀頭が入ってしまえば、なんということもなかった。

ゆっくり慣らしてくれたからか、身体を埋め尽くされるような苦しさはあるが痛みはない。それ以上に、好きな人と繋がれた幸福感で頭の中がいっぱいだった。

明日華が薄く目を開けると、劣情を孕んだ目が眼前にあった。どちらからともなく唇を寄せて、啄むようなキスを繰り返す。

「ん……っ」

その間も、ずずっと腰を押し進められ、長大なものが身体の中に侵入する。

「実樹也さん、好き」

足の間に力を入れると、身体の中で脈動する男の熱を感じる。これほど感極まった気持ちになるのは、実樹也の想いを知ったからだろうか。

背中に腕を回して彼の頬に自分の頬を擦り寄せると、息を吐ききった実樹也が深く唇を重ねてくる。

「ふ……ぅ、んっ」

「だから誘うなって」

呆れた声の中に情欲が混じっているのがわかる。舌を搦め取られ、強く吸われると、繋がった部分からぞくぞくとした快感が生まれる。

舌の周りをくるくると舐められ、口蓋まで舐め尽くされると、腹の奥が熱くなり、心地好さが全身に広がっていく。くちゅ、くちゅと舌を美味しそうにしゃぶられているうちに、結合部からもどかしげな疼きが湧き上がってきた。

「はぁ、ん、んん〜っ」

どうすればいいかなど知りもしないのに、本能の赴くままに隘路がうねり男のものに絡みつく。

「……っ、こら、せっかく我慢してやってんのに」

苦しげな息を吐きだした実樹也の言葉に小さく笑ってしまう。

「も、平気です、から」

明日華が言うなり、彼は腰を軽く揺らした。指では届かなかった部分を優しく突かれ、結合部から得体の知れない疼きが込み上げてくる。

「なら、遠慮しないぞ」

彼は明日華の腰を抱え直し、より深い部分を穿《うが》った。恥毛が触れあうほど下肢が密着し、はち切れんばかりに膨らんだ男の熱を身体の奥で感じる。

「あぁっ！」

剛直をずるりと引きだし、ぐっと押し込まれると、蜜襞がぐちゅんと卑猥な音を立てて愛液が飛び散った。明日華は首を仰け反らせながら、たまらずに甘ったるいよがり声を上げる。

抜き差しのたびに亀頭の尖りで媚肉《びにく》を擦り上げられ、蜜襞を巻き込むように引きずり出される。気持ちのいい部分を探るような動きで優しく柔襞を撫でられているうちに、疼きは徐々に大きくなっていく。ごりごりと弱い部分を擦り上げられ、明日華の腰が淫らに浮き上がった。その反応を実樹也が見逃すはずもなく、執拗に責め立てられる。

「あぁ、ここか」

「ひぁっ、あ、ん、あぁっ」

たまらずに悲鳴じみた嬌声を上げると、ひときわ感じやすい部分を突き上げるように強く腰を押し込まれて、絶頂感にも似た心地好さがじわじわと下腹部から湧き上がってきた。

「明日華、気持ちいいだろう？」

興奮した声で聞かれて、快感に濡れた目で彼を見上げた。明日華は口に溜まった唾液を嚥下し、汗ばみ濡れた彼の髪にそっと触れる。

「幸せ、です」

明日華の言葉に、実樹也は一瞬、虚を衝《つ》かれたような顔をするが、すぐに微笑みが返された。

「そうだな、俺もだ。でも、これからもっと、二人で幸せになるんだろう」

彼は身体を起こし、揺れる乳房を包み込んだ。最奥を突き上げながら、汗ばんだ手のひらでぐいぐいと乳房を揉みしだく。

「はぁ、あっ、一緒にしちゃ、あぁっ」

人差し指でぴんと爪弾くように乳首を小刻みに揺らされ、手のひら全体で乳房を押し上げられた。同時に、先ほどよりも素早い速度で最奥を穿たれると、胸も膣も気持ち良くて、本能のままに快感を求めてしまいそうになる。無意識に身体が快感を求めているのか、陰路がうねり、膨らんだ陰茎に絡みつき、奥へと誘う。

「あ、奥……気持ちいい、ん、あぁっ、そこ……そこ、好き」

「ん……っ、はぁ」

ぐちゅ、ぬちゅっと泡立つ愛液の音が下肢から響き、苦しそうな気持ち良さそうな実樹也の息遣いがその中に混じる。

彼も感じてくれている、それが嬉しくて、彼の腰を引き寄せるように自らの足を絡ませた。すると、身体の中で脈動する肉棒がさらに大きく膨らみ、押し回すような動きで抜き差しされる。

「気持ち良くて、変に、なりそ……っ、です」

はぁはぁと息を弾ませながら訴えると、子宮口を押し上げるような容赦のない腰使いで最奥を貫かれるのと同時に、勃起した乳首をきゅっと摘まれた。

「あぁぁっ」

「俺もだよ」

結合部から愛液が飛び散りシーツを濡らすのも構わずに、陰道をぐちゃぐちゃにかき混ぜられる。快感を追うような動きで思うがままに突き上げられると、全身が蕩けてしまいそうなほど心地好く、意識がどこかに攫われてしまいそうになる。

「……っ、キツくて、いいな、すごくいい」

余裕のない声が響き、柔襞にめり込むほどに強く突き上げられた。

「ひぁぁっ、あぁっ、ん〜っ、それ、だめぇっ」

明日華はみだりがわしい声を上げながら、首を仰け反らせ、背中を波打たせた。全身が小刻みに震えて、過ぎる快感に肌が総毛立つ。

「はぁ、はっ、あぁ、もう、もう……っ」

いやいやと髪を振り乱しながら、意味のない言葉の羅列が口から漏れた。

波のような絶頂感が引っ切りなしにやってきて、本能のままに快感を享受することしか考えられない。

「ほら、一緒に達こう」

赤く色づき、誘うようにぴんと勃ち上がった乳首を捏ね回されると、下腹部がきゅっと張り詰め、男のものを締めつけてしまう。それがイイのか、幾度となく乳嘴を弄られ、高められていく。

「そこ、だめなの、あぁっ、あ、はぁっ、あぁあぁっ」

容赦のない腰使いで弱いところばかりをずんずんと穿たれ、蜜襞を引きずり出すような動きで擦り上げられる。それが気持ち良くてたまらず、淫らな声が止められない。そして、絡みつく蜜襞が怒張を締めつけると、今度は叩きつけるような速度で律動が繰り返された。

「もう、出る……っ」

実樹也の男らしい喉が上下に動き、指が肉に埋まるほど強い力で乳房を鷲掴《わしづか》みにされた。泡立った愛液が飛び散り、密着した二人の肌を濡らしていく。

脳天まで迫り上がってくる大きな快感の波が全身に広がり、この緊張がぷつりと途切れたら、それが終わりのときなのだと理解する。

張りだした亀頭で最奥の肉壁をごりごりと穿たれ、削るように擦り上げられた。激しく全身が揺さぶられると、息が詰まり、喘ぎ声が途切れがちになっていく。

「あ、はぁッ、ん、あぁっ、達くっ、も、達っちゃう」

ぶるんぶるんと揺れる乳房の先端を引っ張り上げられた瞬間、下腹部の奥が強く張り詰めて、全身が硬直した。同時に、密着した彼の腰がぶるりと震え、身体の中を埋め尽くす肉塊がさらに大きく膨れ上がる。

「……っ！」

動きを止めた実樹也が息を詰まらせ、そののちに熱い吐息を漏らした。避妊具越しに生温かい精が吐きだされたのがわかり、同時に明日華も深く息を吐き、強張った全身から力を抜いた。

肩で息をしながら、汗ばむ全身をシーツに沈ませる。四肢をだらりと投げだし、重いまぶたを閉じようとすると、夢現《ゆめうつつ》の状態から現実に戻すように彼の唇が重ねられた。

「ん……」

心地好いまどろみの中、口づけながら、なんとも言いがたい幸せな心地になる。好きな人に愛され、愛し合う素晴らしさをようやく知ったのだ。

「寝るなよ。まだ終わってない」

実樹也は滾《たぎ》ったままの欲望を引き抜き、ベッドに落ちている避妊具を手にそう言った。

このまま寝たふりをしたらだめだろうか、明日華はそんなことを考えながら、彼の唇を受け止めたのだった。

第六章

実樹也は疲れ切った表情で爆睡している明日華を見て、自分の記憶の中にある彼女とそう変わっていないことに笑みを漏らす。

母に言われて思い出したが、明日華と初めて会ったのは実樹也が小学校低学年の頃だ。

実樹也は知らなかったが、姉、菫が実子ではないと本人に伝えられて、かなり荒れた菫がまるで親の愛情を試すようにわがままを言うようになったのも同じ頃。

親と血の繋がりのある実樹也に対しての嫉妬がひどく、しばらく離れていた方がいいかもしれないと祖父母と両親が考え、休日に祖父の家に行くことが多くなった。

姉と距離を取るためだったと知ったのは大人になってからだったが、祖父の家にいれば、姉にいじめられることも、わがままで困らせられることもなかったため、休日を楽しみにしていた。

それに、祖父の家には子ども向けのおもちゃやゲームがたくさん置かれていた。たまに祖父の友人も来ていて、実樹也と一緒に遊んでくれた。

何度か会ううちに、祖父の友人にも孫がいるとわかった。近くに住んでいるから今度連れてくると言われて楽しみにしていたのに、目の前でちょこんと座る赤ちゃんみたいに小さな女の子を見て、実樹也はショックを受ける。

てっきり自分と同じ歳くらいだろうと勝手に思い込んでいたのだ。それも男子だと。こんなに小さい女の子と遊べるはずがないではないかと、実樹也はふてくされてそっぽを向いた。

実樹也は、姉を筆頭にとにかく女の子が苦手になっていた。

一を言えば百を返されるし、ちょっと軽口でも叩こうものなら、こちらが女子の集団に袋だたきに遭う。実樹也にとっては女、特に姉は恐怖の対象であり、遊び相手にはなり得ない。

祖父がそんな実樹也を窘めるように頭の上にぽんと手をのせる。

「お前、自分より年下の子と遊んだことないだろう。明日華ちゃんはまだ小さいから、お前が面倒を見てあげなさい」

祖父は、菫にはあまり細かいことを言わないが、男である実樹也にはとても厳しかった。いずれ会社を背負って立つことを期待されていたのだと、この頃はわからなかったが。

(こんなチビと、しかも女となにして遊べって言うんだよ)

しかし、ここでいやだと言えば、もうここに遊びに来られないかもしれない。そうなれば、またあの姉と休日を過ごさなければならない。それだけはごめんだった。

実樹也は渋々頷き、その女の子に視線を向けた。

明日華と呼ばれた女の子は、どうやら七五三で着るための着物を見せに来たようで、花柄が描かれた真っ赤な着物を着ていた。

くりっとした目が特徴的で、赤ちゃんみたいに頬が膨らんでいる。シャンプーのコマーシャルに出ている女優みたいに、胸の辺りまで伸びた髪がつやつやのさらさらな女の子。

見るからにおとなしそうだ。楽しく遊ぶのは無理だろうが、おそらく姉のように実樹也のおもちゃを奪ったり、壊したりはしないだろう。そう思っていたのに。

「私、明日華！　あなた誰？」

明日華は目を輝かせると大きな声で言った。

ぐいっと上半身を前のめりにする彼女の勢いに圧倒され仰け反った実樹也は、心の中で「姉ちゃんみたいなわがままでありませんように」と祈るしかなかった。

「み、実樹也」

「じゃあ、みっくんね！　あっちで遊ぼう」

「あ、うん」

明日華に手を引かれ、広々とした和室に入った。明日華は箱に入れられたおもちゃをこれまた盛大にひっくり返した。恐竜や戦隊ものの人形を戦わせたかと思えば、急に戦隊ものの人形を使った家族ごっこが始まるので、なかなかおもしろかった。

だが、一時間もすればそれにも飽きてくる。どうやら明日華も同じだったのか、突然すくっと立ち上がり、腕をぶんぶん振り回し、帯を引っ張っていた。

「明日華ちゃん、脱ぎたいならこっちにおいで。着替えさせてあげるから」

キッチンにいた祖母がやって来て、明日華を手招きした。

明日華はどうやら着物を着ているのがいやだったようだ。

可愛かったのにもったいない。一瞬だけそんな考えが頭を過り、いやいや騙されるな、あれも女だと自分に言い聞かせる。

女という生き物は見た目がどれだけ可愛かろうが、姉のように傍若無人《ぼうじゃくぶじん》なのだ。姉のような性格の悪い人をなんと言うのか知りたくて、辞書を引いた。そこで〝傍若無人〟という言葉を覚えた実樹也であった。

「みっくん、お庭で遊ぼう」

「外でなにするんだよ」

私服に着替え終えた明日華に強引に手を引かれ、渋々立ち上がった。

「なんかするの！」

「なんかって」

「いいからいいから、行こう！」

断ろうと思ったのに、明日華はぐいぐいと腕を引く。

実樹也は明日華に連れられて庭に向かった。祖父から見えないところでなら面倒を見ていなくてもバレないだろうし、庭にはボールがあったはずだからそれで遊んでいようと思った。

リビングのガラス戸から外に出て、自宅よりも広々とした庭に下りた。庭は手入れがされているのか、季節の花々が咲き誇っている。

ため息を呑み込み、明日華を放置して木の幹に足をかけた。くぼみに足を置いて上まで登っていくと、それなりに高さがある。折れかかっている枝を手に取り、握りしめながらぶんぶんと振り回していると、ふと隣に気配を感じた。実樹也がそちらに目を向けると、なんと明日華が実樹也と同じように木に登り、太めの枝に腰を下ろしていた。

「みっくんも木登り好き？」

「……うん、好き。お前、平気なの？」

「平気！　私も木登り好きだもん！」

明日華はピースサインをしながら、枝の上で立ち上がると「とりゃー！」と大きな声を上げて木から飛び降りた。そして手頃な木の枝を手に取り、にかりと笑う。

どうやら明日華が着替えたのはこのためだったようだ。

姉は木登りなんてしないし、クラスの女子も然り。姉は服が汚れるのを嫌い、実樹也が泥だらけになろうものなら悲鳴を上げながら蹴ってくる。

明日華と遊ぶのが殊の外楽しくなった実樹也は、明日華の真似をして木から飛び降りた。気づくと追いかけっこが始まっていた。

一時間も経つ頃には、明日華が年下であることも女の子であることも、まったく気にならなくなっていた。

それから、祖父の家で何度も明日華と遊んだ。衝突することも珍しくなかったが、不思議と明日華とならケンカもいやではなかった。

「みっくん、今日はなにする？　またゲームする？」

「え～いいけど、お前すぐ泣くじゃん」

実樹也は、明日華の祖父が買ったというボードゲームにはまっていた。

だが、ひらがなをようやく読めるようになったばかりの明日華には難しかったようで、早々に負けて泣き喚き、ボードゲームは二度とやらないと言ったのは先週のことだ。

「泣いてない！」

「負けて泣いてただろ！」

「みっくんが意地悪なこと言うからだもん！」

明日華の目にはじわりと涙が滲んだ。

ケンカをするとすぐに泣く女子なんて大嫌いだったはずなのに、明日華が泣くと困りはするがいやな気持ちにはならなかった。その感情をなんと呼ぶのか、まだ実樹也にはわからない。

「意地悪なんて言ってない！　お前が弱いから、ゲームがすぐ終わってつまんないって言っただけだ！」

「ほら、意地悪！」

「だから意地悪じゃないって……」

「女の子に優しくないとモテないんだからね！　みっくんなんて一生ドクシンよ！」

明日華はこぼれそうになる涙を必死にこらえた表情をして立ち上がると、実樹也にびしっと指を突きつけてきた。〝ドクシン〟は〝独身〟か。その意味も理解していた実樹也は、明日華をふんっと鼻で笑った。

「なんで笑うの⁉」

「男子と一緒に木登りして暴れ回る女子もモテないだろ。明日華も一生独身だな」

勝ち誇ったように実樹也が言うと、明日華はぷるぷると小さな唇を震わせて、涙に濡れた目をこちらに向けた。泣くのを我慢している顔を見ていると、もう少しくらい優しい言い方をすればよかったかもしれない、と後悔が過る。

「みっくんは明日華が好きでしょ？」

「は？」

「好きでしょ？」

「あ、うん」

有無を言わせない表情で凄《すご》まれて、つい頷いてしまう。すると、明日華は満足げに顔を綻ばせて、目を輝かせた。

「なら、好きな子にはうんと優しくするの。そうしたら、明日華と結婚できるから」

ね、と首を傾げて言う明日華に、実樹也はもうなにも言えなくなってしまった。

どうして自分が明日華と結婚することになっているのか。そう疑問に思いながらも、いやな気分ではなかったからだ。

「うん、わかった」

自分たちがなにが原因でケンカをしていたのかさえ忘れて、二人で笑い合う。

そしていつものように庭で遊んだ。

明日華と会ったのは冬と翌年の夏の間だけ。そのあとすぐに実樹也の祖父が亡くなってしまい、明日華との縁は切れてしまった。

けれど、自分を〝みっくん〟などというおかしな名前で呼んだ小さな女の子のことは、月日が経っても、実樹也の脳裏に強く焼きついており、ふとしたときに頭を過る初恋の思い出となっていたのだ。


仕事が終わりマンションに帰ろうとすると、定期的に連絡を寄越す姉、菫からの電話が入る。

鳴り続けるスマートフォンを見て、実樹也はため息をついた。

実樹也は二十三、菫は二十四歳になっていた。菫は両親の前ではおとなしいふりをしていたが、傲慢で身勝手な振る舞いは、幼い頃よりもむしろひどくなっていた。

姉にとっての実樹也は、お気に入りのおもちゃのようなものなのだと思う。自分の言うことをなんでも無条件に聞く都合のいい相手、それが実樹也だ。

実樹也は姉から逃れたくて、大学入学を機に一人暮らししたいと父に話した。そのとき初めて、これまでの嫌がらせとも取れる姉の行動について打ち明けたのだ。

そのとき父は、驚きながらも『菫は実樹也に甘えているのかもしれないね』と言った。父は姉の反対を押しのけて一人暮らしを認めてくれた。両親の前ではおとなしいふりをしていた姉の腹の中はかなり煮えたぎっていただろう。

実樹也はさらに姉と距離を取るため、大学卒業後は葛城食品以外のところに就職しようと思うと父に相談した。父は、実樹也が葛城食品を継ぐつもりはないことを察したようだ。

それを聞きつけた姉は、実樹也は葛城食品に入社し、自分のサポートをさせるべきだと真っ向から反対した。きょうだいで会社を守らなければと、もっともらしいことを言って。

祖父繋がりで実樹也を知っていた明日華の父が、よければ戸波で働くことを考えてみないかと面接を提案してくれなければ、就職活動をことごとく邪魔していただろう。

そうして、姉から逃れ戸波に就職して一年。私生活に姉の干渉がないのは天国だった。その分、こうして呼びだされることは増えているが、実家にいた頃と比べると天と地ほどの差がある。

実樹也は着信を無視したい思いに駆られながら、さらに五コールほど待って電話に出た。

その間に切れてくれたらいいのに、と願ったが、実樹也が出るまで鳴り続けるとわかっていた。

「……はい」

『遅いわよ！　私が電話したらすぐに出なさいよ！　大した仕事をしてるわけじゃないんだから』

予想通り怒鳴り声から始まる菫からの電話に辟易としながらも、自分が言い返せばもっと面倒な展開になると知っている実樹也は、苛立ちごと姉の話を流すことにした。

「今、仕事が終わったところなんだよ。で、なに？」

『飲みに行きたいから、迎えに来て』

姉の言葉を聞いて、ホスト遊びの金が尽きたのだなと理解する。金の切れ目が縁の切れ目。姉が侍らせている男たちは、金がなければ顔しか取り柄のない姉になど興味も示さない。

実樹也はわかっていて尋ねた。

「いつもの男と行けばいいだろう」

『うるさい！　いいから三十分以内に来て！』

実樹也はマンションに戻り、スーツのポケットに財布とスマートフォンだけを入れて、一息つく間もなく車の鍵を持って外に出る。

世田谷区内にある実家までは三十分はかかる。べつに遅れようとも文句を言われるだけなので問題はない。

実家の前でエンジンをかけたまま姉に電話をかけると、電話に出ることなく玄関のドアの開閉音が聞こえてきた。

「ほんと遅い。まったく……相変わらず役に立たないんだから」

菫は嫌味を言いつつも、機嫌は悪くない。実樹也が自分の言いなりになっていることで気分がいいのだろう。

「うちからじゃ三十分かかるんだ。で、どこに？」

「ホテルのバーでいいわ。早く出して」

「……わかった」

菫は金がなくなると、自尊心を満足させるために実樹也を呼びだす。実樹也ならば金銭なしで自分の言いなりにできるからだ。

目を引く実樹也と腕を組み恋人然として振る舞うことで、ほかの女性からの妬《ねた》ましげな視線を一身に浴び、それが彼女の優越感を刺激するのだろう。

姉に呼びだされるのも、愚痴にひたすら付き合うのも面倒でしかない。だが姉は、一度連絡を無視し続けた際、「弟と連絡が取れない」と警察沙汰にした。泣き喚きながら抱きつかれ、警察官にも『お姉さんをあまり心配させないように』と注意を受けた。

姉から電話があるたびに無視したい気持ちになるのに、そのときのことが頭を過る。

「で、あんた仕事はどうなの？」

「べつにどうってほどのことはないさ。普通に新入社員として働いてるだけだ」

「へぇ～新入社員ねぇ。戸波なんかで働いてないで、やっぱりうちに転職しなさいよ。そうしたら人事に口添えしてすぐに役職に就けてあげるし、私の部下として可愛がってあげるわよ」

絶対にごめんだ、と胸の内だけで呟きながら、実樹也は顔を引き攣《つ》らせる。

（人事に口添えって、あんただって入社二年目だろうが）

おそらく、父の前ではしおらしくしつつも、隠れたところでは傍若無人な振る舞いをしているのだろう。長年姉のその姿を見てきた実樹也は、会ったこともない葛城食品の社員たちに同情した。

「いや、俺はまだまだだから。そっちは姉さんに任せる」

姉は父の跡を継ぐ気でいるが、父の周りには優秀な部下たちがいるはずだし、能力的にもそれは叶わないだろう。

ただ、自分の都合のいいように事が運ばないと、姉はなにをするかわからない。会社に迷惑をかけるような真似をしでかさなければいいが、と実樹也は案じていた。

（父さんにも、姉さんにもう少し厳しく接した方がいいとは言ってるが……無理だろうな）

結局は、娘を信じ切っている甘い父が菫を見限らない限り、どんどん増長し、気づいたときには手がつけられなくなっているような予感がする。

「まぁ、あんたは使われる側の人間だからねぇ。そのうち私がトップに立ったら、あんた秘書になりなさいよ。私が一生、面倒を見てあげるから」

姉の口元がいやらしく歪《ゆが》んだ。その顔を見ていると反吐《へど》が出る。

実樹也はなにも答えず微笑むに留めた。

ホテルに着き駐車場に車を止めると、姉の手が腕に添えられる。ロビーにいる客たちの視線が突き刺さり、踵《きびす》を返したくなるが、実樹也は黙ってエレベーターホールへ足を向けたのだった。


戸波に就職した実樹也がめきめきと頭角を現し、二十七歳という若さで課長職に抜擢《ばってき》されたと同時に、営業部に新入社員が入るという知らせが人事部から届いた。

人事部からのメールに添付されていた辞令を眺めて、無意識に実樹也の眉に力が籠もる。

幼い頃から姉の被害に遭っていた実樹也は、姉と似たお嬢様タイプの女性がことさら苦手になっていた。プライドの高い女の傲慢な態度を見ているだけでじんましんが出そうだ。

辞令には女性の名前が書かれており、人事部からのメールには「社長のお嬢様が入社するから、営業部で面倒を見てくれ、よろしく」というような内容が婉曲《えんきょく》的な言い回しで書かれている。

(社長の娘かよ……勘弁してくれ)

今年の新入社員に戸波の社長の娘がいるのは知っていたが、どうせ自分とは関わることもないと思っていた。それなのに、まさか営業部に来るとは。

しかも、若手では手に余る可能性もあるため、部長の一存で実樹也のサポートにつく形に決まった。

社長令嬢が姉のような女性でないことを祈りながら、実樹也はメールを閉じた。


四月某日。新入社員である戸波明日華が、真新しいスーツに身を包み、営業部のフロアにやって来た。楚々《そそ》としたお嬢様を想像していた実樹也はまず、仁王立ちする彼女の姿になぜかデジャヴを覚えて首を傾げた。

「本日からお世話になります。戸波明日華と申します！　仕事に慣れるまではご迷惑をおかけすると思いますが、頑張りますのでよろしくお願いしますっ！」

腰がぽきりと折れるのではないかと思うほど綺麗な直角に頭を下げた明日華を見て、営業部の面々は皆、心の中で「ずいぶん体育会系のお嬢様だな」と思っていた。

ただ、頑張って働くと言っても結婚までの腰かけだろう。周囲の認識はだいたいこんなものであったが、仕事をせずに報酬だけ受け取るのを当然と思っている姉を見ていた実樹也は、尚《なお》のことそう考えていた。だから、上司として一言釘《くぎ》を刺しておかなければ、そう思ったのだ。

「戸波、これからについて説明するから会議室に来てくれ」

「はい」

実樹也が顎をしゃくり、会議室に視線を向けると、明日華は軽く頷いてあとに続いた。会議室のドアを開けて明日華を先に通す。

「座って」

「失礼します」

明日華が座ったタイミングで、実樹也は向かいの席の椅子を引きながら、彼女を見据えた。腰かけにしても、面倒を起こさない新人であってくれと祈りつつ口を開く。

「俺は、菓子営業部の課長職についてる葛城」

実樹也はそこで一度言葉を区切った。自分が美形と言われる部類の顔であることは自覚している。そしてにこりともしないと相手が勝手に怯《ひる》んでくれることも。

顔立ちは似ても似つかないのに、目の前に座る女性の顔が姉とダブって見えた。そのせいか、自分でも思っていた以上に低い声が出た。

「仕事内容について説明する前にまず聞きたいんだが、君はここでまともに働く気はあるのか？ミスをすれば取引先に頭を下げることも少なくない。態度一つで取引がパーになることだってある」

それがお嬢様にできるのかと問いかけた。言葉には出さなかったが、取引先に頭を下げるなんてプライドの高い女にはどうせ無理だろうと暗に仄《ほの》めかす。

実樹也は、過去から現在までの姉の振る舞いを思い浮かべ、社長令嬢と言うだけではなから明日華をそういう女だと決めつけてしまっていた。彼女と姉は違う人間だと頭ではわかっていても、姉と同じような立場の女性への苦手意識はなくならない。

そういえば幼い頃、実樹也が傍若無人だと決めつけて不躾な態度を取ったにもかかわらず、自分と仲良くしてくれた女の子がいた。一瞬、明日華とその女の子の顔が被って見えて、そんなことがあるはずもないかと意識を振り払う。

「え?」

「社会勉強のために少しの間だけいるつもりなら、こちらも仕事の割り振りを考える。途中で投げだされても面倒だから、最初に聞いておこうと思ってな」

彼女が激怒する可能性も考えて会議室で話をしたが、実樹也の予想に反して、明日華は多少の苛立ちを表情にのせただけだった。

「……信じてはもらえないかもしれませんが、私は父の立場を笠に着るつもりも腰かけで働くつもりもありません。特別扱いもいりませんから、普通に仕事を教えてください」

明日華はそう言って、実樹也に頭を下げた。

実樹也はそこで自分がいかに幼稚な真似をしたのかを恥じた。自分よりも五つも下の女性に、しかも今後部下となる女性に対して、はなから〝腰かけ〟だと決めつけ、傷つけようとした。

いくら姉の存在がトラウマになっていたとしても、課長という立場に就いている自分がやっていいことではない。

激怒されてもおかしくなかったのに、彼女は実樹也の失礼な言葉を受け流した。プライドの高い姉と比べるのも失礼なほど寛容である。

「……わかった。失礼な言い方をして悪かったな」

「いえ、大丈夫です」

「しばらくの間、戸波には俺のサポートについてもらう。営業報告書なんかの事務仕事については、隣の席にいる女性社員から聞いてくれ。彼女には伝えてあるから」

「わかりました」

「うちはエリアで担当分けをしてる。営業先は企業だけではなく、地域のスーパーやコンビニといった小売店も多い。新商品発売に合わせてキャンペーンを行うときに、店舗と連携を取りながら売り場を確保してもらったり、業務用の商品の提案をしたりな。戸波にもそのうち担当エリアを持ってもらうからそのつもりで。なにか質問はあるか？」

「質問というわけじゃないんですけど、葛城課長は営業成績トップだと父に聞きました。そんなすごい方に仕事を教えてもらえるのは光栄です」

「まぁ、実力だけじゃなく、運もあるがな」

尊敬していますと書いてあるような顔で真っ直ぐに見つめられると、自分の先ほどまでの大人げない態度も相まって照れくさくなる。

「葛城課長の仕事を間近で見られるのは、私が父の娘だからですよね。周りにはずるいと思われそうですが、せっかくいただいたチャンスなので頑張ります。厳しくご指導お願いします」

「君次第でいくらでも評価は覆せるだろう。頑張れよ」

「はい！」

彼女は突然手のひらを返したような実樹也の態度がおかしかったのか、笑いをこらえるような顔で頷いた。その際、肩まで伸びた髪がさらりと揺れて、触れてみたい衝動に駆られる。

相当な美人だし、立ち居振る舞いは楚々としながらも、快活な印象も悪くない。姉のような性格の悪さだったらと身構えていた分、よく見えるだけだろう。そう思いつつも、話しているうちに緊張が解れたのか、表情がころころと変わる明日華から目が離せなくなる。

「細かい仕事については、席で話そう」

実樹也は、芽生え始めた彼女への好意を振り切るように話を終わらせた。

「これからよろしくお願いします。葛城課長」

「あぁ」

二人きりで話をしても、明日華はこちらをまるで意識しない。これほどの美人ならば、男性から声をかけられることも少なくないはずだ。自分に色目を使ってこない彼女の態度を好ましく思うのに、同時に不服に思う自分もいて驚いた。

そして一年も経たないうちに、明日華は持ち前の明るさと努力で営業部の同僚たちに認められ、〝社長の娘〟という壁を自ら壊していった。

取引先に叱責されても泣き言一つ言わず、むしろピンチをチャンスに変えるべく行動する彼女を好ましく思う男は多かった。

つまり、実樹也もその一人になってしまったわけだが、どうやら明日華には誰ともそのつもりがないようでほっとしていた。

それから五年。あの見合いが転機となり婚約するに至った。今では、彼女に嫌われないよう必死に繋ぎとめようとしているのだから、おかしなものだ。

実樹也は、隣で寝息を立てる明日華を起こさないように、頬を軽く撫でた。

「……ん～みっくん、ゴツゴツ、してる……？」

明日華はむにゃむにゃと口ごもりながら、実樹也を呼んだ。実樹也の胸に抱きつくと、腰に腕を回し足を絡ませた。

「誰がみっくんだ」

そう言いながらも、幼い頃の呼び名を思い出すと、嬉しさと懐かしさで幸せな心地になる。実樹也はすやすやと眠る明日華の額に口づけた。

明日華と男女の仲になるなんて、ましてや結婚の約束をするなんて欠片も思っていなかったが、腹をくくった今は、彼女を守れるだけの力が欲しいと思う。

（さっさとあの人をどうにかしないと。父が決断してくれればいいが……）

本格的に調べるのはこれからだろうが、おそらく様々な問題が浮き彫りになる。その内容次第では、姉は責任を取って副社長を解任になるはずだ。

しかし、それでまた両親が恩情を示せば、あの人はいつまで経っても変わらない。

（父さんができないなら、俺がどうにかするしかない）

別会社だから無関係だとこれまでは一歩引いてきたが、そうも言っていられない。早いところ父に姉を切り捨てる決断をしてもらわねば、結婚後にあの人が明日華になにかしてこないとも限らない。あの人が自分の邪魔をするつもりなら、もう容赦はしない。なにを失ったとしても、明日華だけは守りたい。明日華だけは諦めきれない。これまでそんな気持ちになったことはなかった。気持ちが通じ合ったのは最近なのに、ずいぶん深く彼女に執着しているらしい。そんな自分がいやではなかった。

明日華にいい男だと思っていてほしい、ずっと好きでいてほしい。実樹也の行動理由はただそれだけなのに、不思議なほど気持ちが奮い立っていた。

第七章

実樹也との新生活が始まり一ヶ月。

夏季休暇を使って二泊三日の国内旅行をし、今日帰ってきた。

「はぁ～疲れた～。でも楽しかった～」

「そうだな、まだ休みは二日あるし、片付けは明日でいいか」

玄関のドアを開けると、湿度を含んだ空気がもわっと肌に触れる。

換気をしてエアコンをつけて、お土産も片付けて、部屋の掃除をして。やることはたくさんあるが、少し休んだところで構わないだろう。

玄関先にボストンバッグを置いて部屋に上がり、明日華は窓を開け放った。実樹也はリビングのエアコンのスイッチを入れて、キッチンに立つ。

「お前も飲み物いるか？」

「はい、いただきます」

数分だけ空気の入れ換えをして窓を閉めると、エアコンから吹き出る冷たい空気が火照った肌を冷ましてくれる。

明日華は先月買ったばかりのソファーにもたれかかり、浮腫《むく》んだ足を軽く揉んだ。ソファーの端に置いてあるクマの〝みっくん〟を抱き上げて、顔を埋める。

「ん～～～」

もちろん、このぬいぐるみの名前が〝みっくん〟だとは言っていない。明日華も気をつけて、クマの名前を呼ぶのをやめている。

さすがに大きすぎてベッドには置けず、しかもベッドには本物のみっくんが寝るため、やむなくクマのみっくんはソファーが定位置になったのだ。心なしか寂しそうに見えるのは気のせいではないかもしれない。

「ほら」

「ありがとうございます」

グラスを目の前のテーブルに置かれて礼を言うと、隣に座った実樹也が噴きだすように笑った。

「なんですか?」

「いや、クマが似合うなと」

「実樹也さんも抱っこしてみます?　気持ちいいですよ」

はい、と渡すと〝みっくん〟をぽいと横に置かれて、距離を詰められた。そして腰を引き寄せられて抱き締められる。

「こっちの方がいい」

「そうですか」

実樹也の胸に顔を埋めて、口元をにやつかせていると、頭上から彼の声が聞こえる。

「しかし、それ、なかなか直らないな」

指摘されて、そういえば、と口元に手を当てた。いくら婚約者でも公私の区別はつけなければならない。けれど、あと一年も経たないうちに結婚するのだし、休暇中くらいはもう少し砕けた話し方でもいいのではないか、と実樹也から言われていたのだ。

「お前のその話し方も可愛くて好きだけど。べつに、仕事の感覚が抜けきらないわけじゃないんだろ？」

「ただの癖です。いつか慣れるかな」

「ずっと一緒にいれば慣れるだろう」

「ですね」

明日華はグラスに入った麦茶を半分ほど一気に飲みテーブルに置くと、もう一度実樹也に抱きついた。暑苦しいと言われるかと思ったが、なにも言わずに頭を抱えられる。

住所変更を人事に伝える際、同僚らにも婚約を打ち明けた。意外にも好意的に受け止められたのは、実樹也が若手社員から慕われているからだろう。

「明日、お友だちと飲みに行くんですよね？　お土産とか買わなくてよかったんですか？」

彼の胸に顔を埋めたまま聞くと、髪を撫でながら頭頂部にキスをされる。

二人で暮らし始めてからも、実樹也の甘さは変わらない。というより、以前にも増して甘くなっているような気さえする。

「旅行行って土産を渡すような関係じゃないからな。お前は？　たしか友人用にいくつか買ってただろう？」

「休暇中は休みが合わないんですよね。今度、土日の予定を聞いてみます」

明日華が土産を買ったのは葵央と紫門にだけだが、葵央は旦那さんとの予定があり、紫門は休みが合わず、夏季休暇中は会えそうになかった。

実樹也の浮気疑惑については誤解だったと紫門にメッセージを入れたが、詳しくは説明していない。ちゃんと気持ちが通じ合ったことを二人には早く知らせたいのだが。

「冷蔵庫になにも入ってないですよね。買い物行かないと。でも、面倒くさい……」

胸に顔をぐりぐりと押しつけると、頭上から噴きだすような声が聞こえてくる。

「お前も所帯じみてきたな」

「あの……申し訳なかったとは思っています……」

「べつに気にしてない。やったことがないなら、覚えればいいだけだろ」

実は、明日華は今、料理の猛練習中である。

一人暮らし期間、朝食も夕食も実家だった。実家には生まれたときから家政婦がいたため、明日華はキッチンに立ったことがほとんどない。

持ち前のポジティブさで「なんとかなるでしょ」と思っていたのに、なんともならなかった。朝も夜も彼に作らせている現状をどうにかすべく、実家で料理を教えてもらっている。

千切って器に盛りつけるサラダだけは得意になり、彼からも「美味しい」と言ってもらえたものの、可もなく不可もなくの料理を作れるようになったばかりだ。一人暮らしの長い彼にはまったく家事の腕は敵わなかった。

「今日はいいんじゃないか？　明日、早く起きてどこかで朝食を摂ってから買い物に行けばいい。片付けもあるけど、そこまで時間はかからないだろう。俺も今日は出たくないしな」

「じゃあ、デリバリーにしてゆっくり過ごします？」

「あぁ、なにが食べたい？」

「ざるそばと天ぷらとか……和食がいいかな」

「わかった。頼んでおくから先に風呂入ってこい」

「はーい」

明日華は、実樹也から腕を離し、重い身体を引きずるようにバスルームに足を向けた。


そして翌日。

旅行の疲れも残っておらず、ボストンバッグの片付けと部屋の掃除を終わらせた明日華は、ベランダで風に靡《なび》く洗濯ものを取り込み、一息ついた。

「明日華、昼飯できたぞ。そっちはあとで俺もやるから先に食べよう」

「は～い、お腹空きました」

ダイニングテーブルには、チャーハンと餃子《ギョーザ》、中華風コーンスープが並んでいる。やはり実樹也の料理の腕は明日華よりはるかに上である。

「美味しそう〜」

いただきますと手を合わせて、レンゲでコーンスープを飲む。

「実樹也さんの作ってくれたご飯、大好きです。本当に美味しい」

とろりとしたスープにコーンの甘みが加わり、口に含んだ途端、ネギとショウガの香りが口の中に広がった。エアコンで冷えた身体がぽかぽかと温まる。

「明日華が人から好かれるのは、そういうところだよな」

「そういうところ？」

彼が照れたような顔をする意味がわからずオウム返しに聞くと、ぱらぱらに炒《いた》めてあるチャーハンをレンゲですくった実樹也が、手を止めて口を開く。

「卑屈になったり、妬んだりせずに、素直に人を賞賛するだろう。嫌味がないし、社交辞令じゃないのがわかるから好意を持たれるんだよ」

「実樹也さんも嬉しいですか？」

好意を持ってくれたのかと聞くと、彼は照れたように顔を背けた。

その顔は嬉しいと言っている。まだまだ知らないことの方が多いが、一緒に暮らしてそれくらいのことはわかるようになった。

「……嬉しいよ。でも、あまりほかの男にやるなよ？」

「私、モテたことなんてありませんよ？」

「鈍いから、誰にも持っていかれずに済んだだけだ」

「褒めてるようで貶《けな》してますね」

明日華が胡乱《うろん》な目を向けると、愛おしそうに見つめられた。明日華を素直だと言うのなら、実樹也だって同じだ。プライベートでは明日華への感情を少しも隠さない。

「褒めてるだろうが。なんでもしてやりたくなるくらい可愛いと思ってるよ」

そういうところだ、と言いたくなり、にやけそうになる口元を引き締めた。

「そうですか……」

真っ赤になった顔を知られたくなくとも、目の前で見つめられれば隠しようもない。せっかく実樹也が作ってくれた食事の味がわからなくなりそうだ。

「今日、遅くなると思うが、一人で平気か？」

話を変えてくれて助かった。明日華は口の中に頬張ったチャーハンを慌てて飲み込み、頷いた。

仕事で先に帰ることも珍しくない。一人の時間にも慣れたものだ。寂しいとは思うが、そんなときはソファーに〝みっくん〟が座っているため、思う存分、みっくん呼びをしている。

「大丈夫ですよ」

「先に寝てていいから」

「あまり飲みすぎないでくださいね」

実樹也がべろべろに酔っ払ったところなど見たことはないが、酒にそこまで強くない明日華からすると、何時間も飲むと聞けば心配になる。

「わかってるよ。洗濯ものは俺がやるから、ゆっくり食べてろ」

さっさと食べ終えた実樹也は、明日華の頭を軽く撫でて席を立った。明日華は無言で食事を進めて、ようやく空になった皿を食洗機に入れた。

濡れた手をタオルで拭き、食洗機のスイッチを入れると、ちょうど洗濯ものを寝室に片付けて戻ってきた実樹也が、明日華の両脇に腕を差し込み、ひょいと持ち上げた。

「なに⁉」

「夜は抱きあう時間がないだろ」

実樹也はそう言って、いつものように明日華を担ぎ上げてソファーに座った。向かい合う体勢で抱き締められて、すぐさま唇が近づいてくる。

「まだお昼食べたばかりですよ？」

昼だからいやだというわけではないのだが、ライトをつけなくても明るい室内の中、裸で抱きあうのはいささか恥ずかしい。

餃子がニンニク入りじゃなくてよかったと思いながら、軽いキスをする。唇をぺろりと舐められて、ノックをするように舌先が唇を割って入ってくる。

「チャーハンの味がする」

「もう……せめて歯磨きするまで待ってください」

彼の唇に指を押し当てると、気にしないとばかりに深く唇が重なった。

着ていたＴシャツを脱いだ実樹也が、明日華のシャツに手をかける。呆気なくすべての服を脱がされ、ふたたび向かい合う体勢で抱きあった。

肌が汗ばむほどに全身を弄られ、舐められ、息も絶え絶えになりながら彼を受け止める。愛を確かめ合う行為は、実樹也の約束の時間が迫るまで続いた。


夕方になり、友人と会うという実樹也を見送った明日華は、実家で夕食を済ませ父や母とおしゃべりを楽しんだあと、マンションに戻ってきた。

特にやることもなかったが、葵央と紫門に土産を渡したいし、予定の確認でもしようかとスマートフォンを手に取ったところで、ちょうど誰かからのメッセージが入った。

「あれ、紫門？」

ちょうどよかった、とメッセージを開き、首を傾げる。紫門からの連絡は、明日華の所在を尋ねるメッセージだった。

家にいると返すと、すぐさま紫門から着信が入った。明日華は首を傾げながら電話を取る。

「もしもし？　紫門？」

『明日華、遅くにごめん。ちょっと話があるんだけど、今からマンションに行っていい？』

「あ、うん、いいけど。珍しいね、急ぎ？」

『うん』

「わかった、待ってるね」

電話では済ませられない用事なのだろうかと思いつつも、電話を切り、紫門が来るのを待った。

一時間ほどで着くと言うから、簡単に部屋の片付けを済ませて、待つことにする。

ちょうど一時間が経った頃にインターフォンが鳴った。

明日華はインターフォンに応答し、玄関に向かう。玄関のドアを開けると、おそらく仕事帰りなのだろう、スーツ姿の紫門が暗い顔をして立っていた。

「突然ごめん」

「ううん。とりあえず入って」

「お邪魔します」

「ご飯は食べた？」

紫門を招き入れて、廊下を歩きながら聞くと、背後から微かな笑い声が聞こえた。

「食べてないって言っても、明日華、作れないでしょ。俺が作る羽目になるじゃん」

「紫門が知らないだけで、少しは料理できるようになったの。今日は実家でご飯食べたけど」

明日華が言うと、紫門の笑い声が大きくなった。そんないつもの様子にほっとする。

「今日、仕事だったんじゃないの？」

夏季休暇中に一度くらい葵央と紫門と会えるかと思ったのだが、仕事で夜しか空いていないと言っていたため諦めたのだ。すでに二十一時を過ぎているし、忙しかったに違いない。

「うん、仕事。帰りに、また明日華の婚約者を見かけてさ」

「あ、そうなんだ？」

もしかして話とはその件だろうか。そう考えつつも、紫門をソファーに案内し明日華はキッチンに立つ。夜だしコーヒーや紅茶はやめておこうと、二人分のハーブティーをティーポットに入れてテーブルに運んだ。

いつも実樹也と座っているソファーに、紫門と横並びに座るのもどうかと思い、明日華はラグに腰を下ろした。

「ありがとう」

紫門はティーカップに口をつけて、一口飲むと、すぐにテーブルに戻した。そしてジャケットのポケットからスマートフォンを取りだし、なにかの画像を表示する。

「これ、さっき撮ったやつ」

「うん？」

テーブルに置かれたスマートフォンを覗き込むと、男女二人が肩を並べて歩いているところが写っている。それなりに離れた距離から撮られたのだろうが、遠目にも男性が実樹也であることははっきりとわかった。

「これ、実樹也さん？」

彼の隣に写っている女性は、おそらく姉の菫である。まだ彼から直接菫を紹介されたわけではないが、ホテルで間近に彼女を見たため間違いない。

(今日、友だちと会うって言ってたけど……)

本当は姉に呼びだされていたのだろうか。明日華が気にすると思って言わなかったのかもしれない。また姉に無理難題を突きつけられているのではと考えて、途端に心配になった。

「二人でホテルに入っていった。前に見たのもこの女だよ。明日華は誤解だったって言ってたけど、俺はやっぱり信じられなくてあとをつけたんだ。そうしたら、宿泊フロアじゃなくて二人でバーに入っていった」

どうやら紫門は、明日華を心配してここに来てくれたらしい。

彼には明日華が過去に見た女性が、実樹也の姉であるとは伝えていない。

恋人だと勘違いしていた自分が恥ずかしかったのもあるが、実樹也の家族について友人にぺらぺらと話す気にはなれなかったからだ。

「実はこの人ね……実樹也さんのお姉さんなの。だから浮気じゃない」

「うん。それはバーでの二人の会話を聞いてわかった」

「え、近くにいたのっ⁉」

あとをつけたとは言っていたが、まさかバーにまで入ったとは思わなかった。

しかし、誤解していたわけじゃないのなら、なにをしにここに来たのだろう。そんな疑問が顔に出ていたらしい。紫門はバーで聞いた実樹也と菫の会話を教えてくれた。

菫は、明日華から婚約破棄をしなかったことに対して怒りを露《あら》わにした様子で、実樹也に葛城食品に入るように言っていたという。実樹也は、婚約については自分がなんとかするから、と菫を宥めていた様子だったと。

だが紫門には、実樹也が菫に唯々諾々と従い、明日華と婚約破棄に向けて動くと言っているように聞こえたのだろう。不機嫌そうに話を続けた。

(絶対にお前には手を出させないって、言ってくれたけど……大丈夫かな)

紫門の話を聞いていても冷静でいられたのは、彼の姉に対しての気持ちを聞いているからだろう。出世のためではないともう知っている。実樹也の気持ちは疑うべくもない。

実樹也は菫を刺激しないように、明日華から意識を逸らそうとしてくれたのかもしれない。あれきりなんの連絡がなかったのも、彼がそう仕向けてくれたからだとしたら納得がいく。

「その女、『あなたはすぐにでも戸波を辞めて葛城食品で地位を手に入れなさい。いい方法があるの。何人かの役員を脅すだけよ』って」

そういえば、実樹也が言っていたではないか。菫は、父親に気づかれないように悪巧みをすると。誰かの実績を金で買うとか、取締役たちの弱みを握るくらいはする人だと。

(まさか、本当だったなんて)

同族経営の会社であっても、菫がすべてを手中に収められるはずもない。おそらく、役員を脅し、自分に従う者を増やしていたのだろう。

「実樹也さんはなんて?」

「『俺は家族と会社が大事だから、なんでもする』と言ってた」

「そう」

「話を聞いていると、取締役の何人かを不倫をネタに脅したとか、ホテルで裸にして写真を撮ったとか。そういう下劣な方法で脅してるみたいだ。しかも、一回や二回じゃない。相当慣れてる。明日華の婚約者は興味津々でその話を聞いてたよ」

菫の常軌を逸した行動に二の句が継げなくなる。

実樹也が止めていてくれたにせよ、そこまでする彼女があの一件以来、明日華になんの連絡もしてこないのがいっそう不気味に感じる。

「婚約者の姉って葛城の副社長なんだよね？　その女が今の地位に就いたのも、そうやって周囲を脅して自分の味方につけたんだろうね。でも、誰が聞いているかもわからないバーで、よくそんな話をするよね」

実樹也は、菫から逃れるために葛城食品ではなく戸波に就職したと言っていた。そのため菫には『いつか姉さんの下で働くために力をつけたい』と伝えていると聞いた。

「『私はあなたの姉で大切な家族でしょう？　それに、私たちは血の繋がりがないから結婚できるのよ』とも言ってたよ。二人が隣り合って座ってるのを見てさ、明日華が恋人だって勘違いしたのも納得した。普通、きょうだいであんな風に腕を絡めないよね。これを聞いてもまだ、その男を信用できる？」

明日華はきゅっと唇を噛んだ。

姉を苦手だと言っていた実樹也の顔がうそだったとは思えない。

ただ、菫の口から〝結婚〟という話が出てきたことに、腹立たしさが抑えきれない。菫をこれほど憎らしく思ったのは初めてだ。

たしかに彼らに血の繋がりはないのだから、結婚しようと思えばできるのだ。

（やっぱりそうだ……ずっともやもやしてたのは、これだ）

実樹也が姉に対して恋愛感情を抱いていないのは、見ていればわかる。

けれど、菫の実樹也に対しての態度は〝姉〟ではない。まるで恋人を奪われて嫉妬しているようだと思ったのは、間違いじゃなかったのだ。

「それは……実樹也さんにも、なにか事情があるんだと思う」

実樹也が姉の犯罪めいた行動を知り、受け入れるとは思えない。姉に従っているように見えたのなら理由があるはずだ。

明日華と婚約する前の実樹也は、いろいろなことを諦めていた節があったが、今は違う。彼は明日華と結婚するために菫と決別することを選んだ。

「事情があったって、姉と密会するような男と結婚して幸せになれるの？　いくら上司と部下だとは言え、明日華と彼が婚約したのは最近だ。明日華はまだそこまで彼のことを知らないはずだよ。だってずっとこの女性を恋人だと思ってたんでしょう？　血の繋がりがないなら結婚できるんだ。本当にそうだったらどうするの？」

「うん、それはそうなんだけど」

「今日、お姉さんに会ってくるって聞いてたわけ？」

「聞いてない」

「それでどうして信じられる？」

たしかに、実樹也がすべて本当のことを言っているかどうか、明日華には確かめる術がない。

実樹也と菫が二人で明日華を裏切っている可能性だってある。

明日華だって、少し前まで実樹也に対して不信感を抱いていた。

もしも、実樹也が菫との確執について今でも明日華に話してくれていなかったなら、この話を信じていたかもしれない。


——俺との結婚がいやになってないか？

——抱いたら、離してやれないと思ったんだよ。


実樹也の照れた横顔を思い出すと、明日華の胸は幸せでいっぱいになる。

明日華はなにも無条件に彼に信頼を置いているわけではない。ただ、大好きな彼を信じたいだけだ。それで後悔することになったとしても仕方がないと思えるくらいには、実樹也への愛情は深い。

それに実樹也は、父が密かに内部調査に乗り出した、とも言っていた。菫と会う話を教えてくれなかったのも、なにか事情があるのだろう。

明日華がなにも答えずにいると、紫門が珍しく苛立ったような声を上げた。

「結婚してから後悔しても遅いんだよ……っ」

穏やかな彼が声を荒らげるところなど、今まで一度も見たことがなかった。明日華は驚きつつも、首を横に振りながら口を開く。

「後悔なんてしない」

「わからないだろっ。俺は……明日華には、幸せになってほしい。そうじゃなきゃ、なんのためにずっと我慢して友だちをやってたかわからないよ。もし彼が幸せにしてやれないなら、今度こそ俺がもらう」

こちらを見る紫門の目が熱を帯びていく。

背は高いが、腰が細く中性的な紫門を〝男〟だと意識したことは一度もなかった。

だから高校時代に一度交際したときも、手さえ繋げずに終わったのだ。明日華が「なんか違うね」と言ったら、紫門も「だよね」と言ったではないか。

「あの、紫門？」

明日華は気づくと、紫門から距離を取っていた。しかし紫門の腕が伸ばされる方が早かった。テーブルに置いた手を取られて、強く引かれる。その力強さに初めて、彼も男なのだと実感した。

「……明日華は、本当に鈍いよね」

紫門が数々の女性と遊んでいるのは知っているが、軽薄な印象は欠片もなかった。

彼が女性との関係を明日華や葵央の前では決して匂わせなかったからかもしれないが、今の紫門は明日華に欲情している実樹也と同じ目をしていた。

「高校時代、付き合ってみないかって聞いたのは、明日華に友人としか思われてないのを知っていたからだよ。恋人になれば関係性を変えられるかもしれないと思った」

「あの、紫門はいろんな女性と付き合ってるじゃない。ずっと友だちだって」

「その人たちは身体だけのお友だち。でも俺は、明日華を友人だと思ったことは一度もない。高校の頃から、ずっと好きだった」

明日華は手を握られていることも忘れて、愕然と彼の言葉を聞いていた。真摯に愛を告げられているのに、彼に友人だと思われていなかったことにショックを受ける自分がいる。

親友だと思っていた。実樹也に恋心を抱いたときも、葵央と紫門に一番に伝えた。紫門は叶うはずのない明日華の片思いを応援してくれていたのに。

もう友人ではいられなくなってしまうのか。そう思うと悲しくて、涙が溢れてくる。

「どうして泣くの」

「だって、紫門が」

私に告白なんてするから、とは言えなかった。

明日華の言いたいことがわかったのか、紫門が皮肉げに笑う。

「明日華を信用ならない男と結婚させるくらいなら、友だちなんてやめてやる。あとでいくらでも謝るから、俺のものになってよ」

痛いほどに手を握られて、紫門の顔が近づいてきた。

「待って……紫門っ」

「待つわけないでしょ」

腕を引っ張られているため、顔を背けることしかできないでいると、玄関から音が聞こえた。その直後、廊下に響く大きな足音。

「明日華……っ」

帰ってきた実樹也は、紫門から奪い取るように明日華を抱き締めた。

「なにをやってる」

低く呻《うめ》くような実樹也の声が耳元で響く。こんなときなのに不思議と安堵してしまい、明日華の口から深く息が漏れた。

「実樹也さん」

しかし、そこに女性ものの香水の香りを感じ取ると、紫門の話を思い出して腹立たしい気持ちになってしまった。

「うわ、その安心しきった顔、腹立つなぁ」

紫門が呆れたように目を細めて言った。その顔は先ほどまでの〝男〟を感じさせるものではなく、いつもの友人としての顔だった。

「実樹也さん、あの」

「どうして俺たちの部屋に男が？」

明日華が菫についていて尋ねる前に、責めるような口調で問われる。

「紫門は、私を心配して来てくれたんです」

「心配？」

なんの、と言いたげな実樹也が明日華の手を紫門から奪うように取った。手を離して初めて、自分が紫門とずっと手を繋いでいたことに気づく。

「あの、これはっ、違くて」

まるで浮気の言い訳をしているような気分になり、明日華は慌てて言葉を重ねる。

「涙の痕があるな。心配して来た男がお前を泣かせたのか？」

実樹也の目が紫門を射貫く。睨まれた紫門は動揺する素振りさえなく、息を一つつくと立ち上がった。そしてスマートフォンの画面を実樹也に向けて見せる。

「俺は、あなたが信用ならないと話をしに来ただけですよ。でも、明日華はあなたを信じたいらしいので、俺の役目はないみたいです。あと、明日華を泣かせたのは、多少行き違いがあった……ってことにしておいてください」

立ち上がる紫門を見上げると、彼の目に先ほどのまでの熱がないことに胸を撫で下ろす。けれど、あの告白が冗談や揶揄いだったとは思えない。

気まずさから目を逸らすと、紫門に「明日華」と呼びかけられた。

「本当にごめん。さっき言ったことはうそだから忘れて」

紫門は明日華に向けて頭を下げた。

謝罪は本心だろうが、そのあとに続けられた言葉は彼の本心ではないだろう。紫門の気持ちを受け止められないのなら、この先も親友でいたいのなら、そういうことにしておくしかない。

「土産、今度ちょうだいね。なにかあったらいつでも連絡して」

「……うん」

なにもかもを忘れて明日華から連絡はできないが、彼の気遣いが有り難かった。

「ありがとう」

「じゃあ、お邪魔しました」

紫門がリビングを出ていき、しばらくして玄関のドアが閉まる音が聞こえた。

向かいから深く長いため息が聞こえて、明日華は恐る恐る顔を上げる。そして思っていた以上に不機嫌そうな実樹也の顔を見ると、ひぇっと小さな声が漏れた。

「あ、あの……実樹也さん」

「なんだよ。なにか言い訳があるなら聞いてやる」

「言い訳……言い訳って言うか、今日、お姉さんと会うなんて聞いてません」

明日華が言うと、平然と言葉が返ってきた。

「友人と会う直前に電話がかかってきて呼びだされたんだ。友人との時間を一時間ずらして、呼びだしに応じた」

「お姉さんはなんて？」

「聞いたんじゃないのか？　さっきまでいたあの男、バーで俺の一つ空けた隣に座ってたぞ」

そんな近くにいたのかと紫門の行動力に驚くも、それも自分を心配してくれたからだと気づく。

「聞きました……葛城での地位を得るために誰かを脅す、とか」

「それ、信じたか？」

そう聞かれて、首を横に振る。戸波の取締役候補に名前が挙がったにもかかわらず、迷惑をかけたくないという理由でそれを断った実樹也だ。地位にさほどの執着はないだろう。

ただ、菫の話に反論するでもなく、むしろ話を合わせていたような雰囲気があったようで、それが不思議だった。

「……お姉さんから、なにかを聞き出したかったんですか？」

「あぁ、父が内部調査を始めたと以前に話しただろう？　調査の結果、姉が不正取引を行って金を得ていることがはっきりとした」

実樹也は言葉を区切り、疲れたようにため息を漏らした。

「でも父は、取引先に唆されたとか、そういう姉の言い分をまだ信じてる。可愛い娘を犯罪者にはしたくなかったのか、大事にせず済まそうとしている。だから、いい加減父の目を覚まさせてやろうと思ってな」

「でもどうして、お姉さんは実樹也さんを葛城食品に引き込もうとするんですか？」

「内部調査の件を問い詰められて危機感を覚えたんだろう。もし自分が副社長を解任されても、俺が葛城食品を手中に収めれば、それは自分のものと同義だと考えているからな」

「そんなばかな……」

どうしてそういう考えに至るのか、明日華はまるで理解できなかった。

菫は、実樹也が無条件に自分の言いなりになると信じている。実樹也が地位を手に入れ、自分がその妻の座に納まれば、自分のものも同然だと。

「両親の前ではおとなしかったから、父はなにを聞いても信じたくなかったのかもしれない。でも姉がやってたのは不正取引だけじゃないはずだと確信があった。だから、あの人の誘いに応じたんだ。今夜の会話はすべてを録音して、父にデータを送りつけておいた。父にとっては衝撃的だろうが、甘やかし続けた結果だ」

紫門から話の内容は聞いた。娘が不倫をネタに取締役の一人を脅したなんて、たしかに、親としては衝撃的だろう。

「そうだったんですか」

実樹也は録音データを父に送ったあと、友人との待ち合わせに向かったと言った。

おそらく実樹也は、菫の本当の気持ちに気づいていない。だから〝結婚〟なんて言葉が姉の口から出ても、平然と流せるのだ。

「血の繋がりがないから結婚もできるって話してたと聞きました」

明日華が言うと、実樹也は顔を顰《しか》めて、不快感をあらわにする。

「あの人に取って俺は都合のいいおもちゃだからな、手放したくないんだろう。一人暮らしをするときも、就職のときも反対していたしな。今となっては金づるでもあるし」

彼女が本気で実樹也と結婚したいと思っているだなんて、欠片も考えていないとわかる。

菫がいつから実樹也を愛していたかはわからないが、一欠片ほども気持ちが通じていないことだけは、ほんの少し哀れに思った。

「もしかして、嫉妬したか？」

なにも答えずにいると、にやりと実樹也の口の端が上げられる。

「だって、しますよ、それは」

「毎日愛し合ってるのに、まだ疑われるのは俺の不徳のいたすところか。悪かったな、これからはお前に信じてもらえるように今まで以上に愛してやる。で、言い訳はそれだけか？」

にっこりと怖い笑みを向けられると、なぜか明日華の背筋がぞっとした。

「私……浮気はしていません」

「わかってる。俺がいないうちに男を家に上げて、さらに言えば、手を握られていたがな」

実樹也がそれまで浮かべていた笑みを消し、明日華の顎をくいっと持ち上げた。そして唇を軽く噛み、くすぐるように耳に触れる。

「俺は、二人で暮らすこの家に、たとえ友人であろうと男を入れてほしくない。なにかがあったと疑ってるわけじゃないが、お前が男と二人きりでいたと考えるだけで苛つくんだよ」

明日華にとって紫門は、男女であってもなにかあるはずがない相手だった。だからなにも考えずに家に招いたし、警戒心など欠片も持っていなかった。

今思えば浅慮でしかない。過去の交際だって、紫門から付き合おうと言われたのに、彼が自分に恋愛感情を持っているはずがないと思い込んでいた。

「ごめんなさい」

「好きな女がほかの男に触られているのも気に食わない。心が狭いと思うか？」

握った手に力を込められて、明日華も握り返す。

「あの、紫門のことは」

友人としか思っていない、そう言おうとして、唇を塞がれる。

「……っ」

「お前の口から、男の名前を聞きたくない」

「怒ってますか？」

嫉妬心を露わにした実樹也に、劣情を孕んだ目で射貫かれて、こんなときなのに少し喜んでしまっている自分がいる。口元が緩んでしまっていたのか、噛みつくように唇が塞がれた。

「なに笑ってる」

「んん〜っ」

口腔をまんべんなく貪られて、息も絶え絶えになるほど口づけられた。耳朶に触れていた手で髪を撫でられる。嫉妬を露わにしながらも、彼の手つきは驚くほどに優しい。

「怒ってるに決まってるだろ。お前は俺だけを見てろ」

「実樹也さんも、私だけを見てくださいね」

明日華だって気に食わない。

彼に触れていたのが姉でも、疑っているわけじゃなくても、いやなものはいやだ。実樹也に自分以外の香りが移ることが許せないし、必要以上に近づいてほしくない。

「お風呂、一緒に入りたい」

明日華が彼の胸元をぐっと押すと、機嫌良さげに額に口づけが落とされた。

手早くシャワーを浴びて、寝室に入った途端、貪るように唇が奪われた。ベッドになだれ込みながら、覆い被さってくる彼の唇を受け止める。

「はぁ……ふっ……ぅん」

バスルームを出てからパジャマどころか下着すら身につけさせてもらえなかった。以前と同じように、身体を洗いながらもとろとろになるまで愛撫され、高められた。

すでに足の間は泥濘《ぬかる》んでおり、腰をほんの少し浮き上がらせるだけで、蜜がとろりと溢れだす。

舌を搦め取られると、唾液をくちゅくちゅとかき混ぜられた。

「んんっ、はっ、ふ」

唇の隙間から甘ったるい声が漏れて、動きに合わせて汗に混じったボディソープが香り立つ。乳房を鷲掴みにされると、指が食い込むほどにぐいぐいと揉みしだかれた。痛いほどの強さで揉まれているのに、愛撫に慣れた身体はいとも呆気なく快感を拾ってしまう。

「はぁ……はっ、はぁっ」

「もう指で摘まめるくらい勃ってるな」

そそり勃つ乳首をくいっと押し上げられ、腰がぶるりと震えた。愛液が溢れて、シーツを濡らす。それを知ってか知らずか、勃起する乳首を執拗に上下に扱かれると、耐えがたいほどの疼きが湧き上がり、実樹也の身体に押しつけるように腰を動かしてしまう。

「どこもかしこも快感に弱くて可愛い。こんなに愛してるのに、まだ俺の気持ちを信じてないなんてひどいな」

「だって……っ」

「後にも先にも、可愛いと思った女はお前だけだ」

可愛いという言葉に反応するかのように中がきゅううっと切なく疼く。

「はぁ……っ、んっ」

きゅっと乳首を摘まれて、指先で弾かれる。

腰がずんと重くなり、胸を突きだすように背中が浮き上がった。期待に喉が鳴り、唾を呑み込むその音がやけに大きく寝室に響いた。

彼はふっと息を吐くように笑いながら、疑った罰とばかりに胸ばかりを責め立てる。

「胸、ばっかり、いや」

いやだと言いながらも乳嘴を捏ねくり回されるたびに、背中をしならせ胸を突きだすように浮かせてしまうのだが。

「舐めて達かせてほしい？」

会話になっているようでなっていない。明日華がもどかしく感じているのをわかっていて、知らないふりをしているのだろう。

「ちが……っ、んん」

のしかかる彼の髪が胸元にさらりと触れて、くすぐったさに身を捩ると、生温かい舌で乳嘴をべろりと舐められた。背中が浮き上がり、またもや胸を差しだしているような体勢になると、熱い口腔に乳輪ごと含まれる。硬く凝る乳首をじゅ、じゅっといやらしい音を立てながら啜られ、反対側の乳首を指の腹で転がされた。

「ふぁ、あっ、ん、そこ、しちゃ、や」

いやいやと首を振ると、わずかに湿った髪が左右に揺れた。彼の手から逃れようと身を捩ったところで、腰を揺らめかせて男を誘っているようにしか見えない。

「腰が動いてる、乳首だけで達けるか」

だからいやなのだと涙に濡れた目で訴えるが、実樹也は楽しげに笑うばかりだ。

「やぁ、もう……触って、くださ……っ」

明日華は実樹也の頭に腕を回して抱えながら、ねだるように髪に手を絡ませた。

少し湿った彼の太い髪は指通りがよく滑らかだ。こうして彼の髪を撫でることにも慣れたとはいえ、相変わらず触れるたびに胸を弾ませてしまう。何度抱かれても、いつだって明日華は彼にドキドキしている。

「もうちょっとだけな。胸で達ってもいいから」

実樹也はそう言いながら、ちゅうっと乳首を吸った。口の中で舐め転がされ、先端をぴんと弾かれる。胸がきゅうっと痛いほどに張り詰め、下腹部がますます重くなる。

「あぁっ、あ、はぁっ」

バスルームでも放置され続けた隘路が男のものを求めて、物欲しそうにうねり収縮している。蜜口は弄られてもいないのにぱっくりと口を開けてヒクつき、粘ついた愛液を垂らす。

「お前の身体はどうしてこんなに美味しいんだろうな。何度抱いても、抱き足りない。まだ終わらせたくないのに、挿れたらすぐに達きそうになるんだ」

胸の上から熱の籠もった目で見つめられ、すぐさま夢中になったように胸をしゃぶられる。

「はぁ、あぁっ、あっん、あっ」

左、右と交互に舐められ、吸われ、弄られて、凄絶な快感が胸から広がっていくと、頭の芯が蕩けそうなほどに心地いい。

じゅうっと強く吸われるたびに意識が遠のきそうになる。下腹部がきゅっと張り詰めて、腰が揺れるのを止められない。彼の口腔が奏でるくちゅくちゅという音にさえ煽られ、気づけば足の間を彼の膝に押し当てていた。

「はっ、やらしいな……俺の膝までお前の蜜で濡れてる」

彼はそう言いながらも、胸への愛撫をやめない。続けろと言わんばかりに、執拗に胸を舐めしゃぶり、いたずらな目で明日華を見つめた。

「はぁ、だめぇっ、も……お願い、触って、や、なの……っ」

このままでは本当に達してしまう。涙に濡れた目で見上げると、ますます興奮したように彼の舌の動きが速まった。

「ひ、やっ、ん、あぁっ、だめ、もう、もうっ、達っちゃう、からぁ」

乳首の根元から扱き上げられ、先端をちろちろと舐められる。同時に反対側の乳首を強く摘まみ上げられて、目の前で星が瞬き、背中が弓なりになった。

「〜〜〜っ！」

凄絶な快感が脳天を突くと、息が詰まり、全身が強張る。膣からなにかが溢れた感覚があって、どっと力が抜けた。全身から汗が噴きだして、涙で霞む目をぼんやりと宙に向けると、にやりと笑った実樹也が、唾液に濡れた口元を手の甲で拭った。

「ほら、上手に達けただろ」

「や……ひどい」

「気持ち良かったくせに」

実樹也に言われて、拗ねたように唇を尖らせる。気持ちいいのはたしかだが、自分だけが翻弄されるのは嬉しくない。

「実樹也さんで、達きたかったんです」

明日華がねだるように言うと、実樹也がぐっと言葉に詰まった。

「お前なぁ、ほんとそういうところがずるいんだよ」

「どういうところですか」

明日華は気怠い身体を起こし、乱れた髪を軽く手櫛《てぐし》で整えた。さらりと落ちる髪を耳にかけ、彼の太腿に手を突いた。

「明日華？」

「私も、実樹也さんを気持ち良くしたい」

いいですか、と首を傾げると、微かに耳を赤くした実樹也が明日華の髪を指で梳《す》いた。

実樹也に口淫で高める行為を教えてもらったものの、明日華が下手であまり気持ち良くないのか、その頻度は少なかった。抱かれるたびに実樹也の手技に乱れまくっている明日華としては、今度こそと意気込むような心地である。

彼の足の間にぺたりと座り込み、手に余るほどの屹立《きつりつ》を軽く握る。上下に動かしてみると、手の中にあるものが硬くなっていく。実樹也のものに触れるたび、こんなに大きなものがいつも自分の中に入っているのかと驚くと共に感動してしまう。

「……口でしてくれるか？」

「はい」

肉棒を手で扱きながら、雫《しずく》を垂らす先端にちゅっと口づけた。先端をぺろりと舐めながら、太い亀頭を口に含む。

鼻に突きつける生々しい男の欲情の香りは嫌いではない。むしろ、実樹也が自分に興奮してくれている証だと思うと、喜びさえ湧き上がってくるのだから不思議なものだ。

「ん……っ」

勃起した陰茎は長大で、顎が外れそうになるほど口を大きく開けても、半分ほどしか入らない。口を窄《すぼ》めるようにしながら頭を上下に動かし、教えられたとおりに舌を動かした。

「ふ、ぅっ、ん」

亀頭からとろとろと先走りが滲み、唾液と混ざったそれをこくりと呑み込んだ。口の中になんとも言えない苦味が広がっていき、頭上から興奮した実樹也の息遣いが聞こえてくる。

「……っ、上手くなったよな、先っぽ吸って」

「ん」

言われたとおりに、先端をちゅうっと吸うと、実樹也の腰がわずかに浮き上がった。感じてくれることが嬉しくて二度、三度と同じ行為を繰り返していく。開きっぱなしの口からは唾液がだらだらと流れ落ち、そそり勃つ陰茎を濡らす。唾液と先走りでぬめる陰茎を扱くと、手の動きに合わせてくちゅ、ぬちゅっと卑猥な音が聞こえてきた。

「は……っ」

気持ち良さげな声が聞こえて、口腔を埋め尽くす屹立がさらに硬く大きくなっていく。

「んんっ」

耳にかけた髪が落ちるのを、実樹也の指先にすくい取られ、かけ直された。肉棒を咥えながら彼を見上げると、欲情しきった目に射貫かれる。

もっと気持ち良くしてあげたくて、明日華は苦しげに息をつきながらも必死に舌を動かし、血管の浮きでる肉棒をしゃぶった。時折、舌の表面をつるりとした亀頭に滑らせると、頭上から聞こえる息遣いがますます興奮したものに変わっていく。

「明日華っ、それ、すぐ出るから」

実樹也は明日華の髪を撫でていた手を後ろに突き、腰を浮き上がらせた。

「んっ、ぅ……っ、ぐ」

硬い先端で喉奥を突かれ、嘔吐《えず》きそうになる。目に涙を浮かべながら、彼の腰の動きに合わせるように必死に頭を動かした。血管の浮きでる肉塊がはち切れんばかりに膨らみ、脈動する。

「あー、気持ちいい」

口蓋を突き上げるように口の中を犯されていくうちに、実樹也の興奮が伝染したのか、自分まで淫らな気分になっていく。この滾った肉塊で早く貫かれたい。そう思うと、全身がぞくりと総毛立ち、足の間からとろりと蜜が溢れだした。

「はぁ、はっ、うぅっ、ん」

それを知られたくなくて、シーツの上で足を閉じようと力を入れると、阻むように実樹也の膝が太腿の狭間《はざま》に差し込まれる。

「待って、ぅぁん……っ！」

明日華は思わずびくりと腰を震わせ、肉塊から口を離して犬が鳴くような悲鳴を上げた。

「お前もまた興奮してきた？」

実樹也は楽しげに声を弾ませながら、明日華の秘裂を膝頭で擦り上げた。ぬるりと滑るそこはすでに大量の蜜を滴らせており、下にある実樹也の足にまで伝うほどだ。

「これ、すごいな」

「はぁ、ひぁ、やっ、ん、それ」

膝でぐりぐりと秘裂を撫でられるが、指や舌で弄られるよりも強く不器用な刺激がもどかしく、自ら快感を求めるように腰を揺らしてしまう。実樹也の足を挟み、恥部を押し当てながら陶然とした心地で声を上げていると、顎を持ち上げられて指先で唇を撫でられる。

「こら、一人で楽しんでないで、早く俺も気持ち良くしてくれ」

指で唇をこじ開けられて、後頭部を引き寄せられた。唾液と先走りでべとついた亀頭を唇に押しつけられ、滾った肉棒で口腔をくちゅくちゅとかき混ぜられる。

「んんっ、ふぁ……は」

夢中になって顔を動かし、唇で肉棒を扱き上げた。顎が疲れて、舌の奥がつんと痛んでくるが、彼の膝で秘裂を擦り上げる心地好さがそれをかき消してくれる。膝の硬い骨をクリトリスに押し当てぐりぐりと擦ると、下腹部がきゅっと張り詰め、興奮が高まってくる。

「はぁ、ぅ、ふっ、んん」

「あ~もう、出そう……っ」

口腔を犯す肉棒もさらに大きく膨れ上がり、解放を待っている。腰を小刻みに素早く揺すられたかと思えば、口の中を出入りするものがびくりと大きく震えて、彼が動きを止めた。

「く……っ」

次の瞬間、口腔に勢いよく生温かい白濁が注がれ、雄の匂いが鼻を突き抜けていく。

「んん~っ！」

口の中でどろりとした体液が溢れると、それをどうしていいかもわからずに、喉を鳴らして呑み込んでしまう。

恍惚《こうこつ》と目を細めて明日華を見ていた実樹也が、熱を持ったままの肉棒をずるりと引きだした。そして明日華の足の間に顔を埋めて、蕩けきった蜜口に貪るように食らいつく。

「――っ！」

中途半端に昂っていた身体は、勃起した淫芽を強く啜られただけで、呆気なく陥落してしまう。

「はぁ、やっ、だめ……今、だめぇっ」

明日華はがくがくと腰を震わせながら、股にある実樹也の頭を掴んだ。達した余韻も冷めやらぬまま、男を欲してヒクつく蜜口に舌を差し込まれて、ぬるぬると舐められる。

「達っちゃったの、やめてぇ、らめなの、まだ……っ」

溢れる愛液をちゅ、ちゅっと音を立てて啜られた。

腰をくねらせ、実樹也の愛撫から逃れようとしても、がっしりと腰を抱え込まれていては敵わない。彼の精が喉に張りつくせいで、言葉が上手く出てこない。開けっぱなしの口からは溜まった唾液が流れ落ちるが、それを拭く余裕さえない。

蜜穴に差し込まれた舌をぬぽぬぽと抜き差しされて、包皮が捲り上げられぴんと尖った淫芽を親指の腹でくにくにと押し込まれる。

「まだ慣らしてないだろ。すぐ挿れたくなるから、もうちょっと可愛がらせて」

「ひぁあっ、や、それ……だめ」

慣らしていなくとも、すっかり蕩けきっているというのに。

うねる蜜襞を唾液にまみれた舌で擦られると、去っていったはずの絶頂感がふたたび腰を重くする。ざらついた舌で柔襞をぬるぬると舐められ、飢えたようなもどかしさに襲われる。

「広げないと、挿れられない」

「やぁ、いい、からぁっ」

蜜口を広げるように舌を押し回されて、ぞくぞくとした甘い痺れが全身を駆け抜けた。

散々、焦らされた身体はもう限界で、下腹部が痛むほどに疼いている。達しても尚、男を欲して蠢く膣が、彼の舌に吸いつくような動きを見せる。

「やぁ、お願い、もう……挿れて」

「挿れたら、痛いって泣いても、やめてやれない」

「それでも、いいから……早く」

実樹也は身体を起こし、避妊具を手に取った。先ほどよりもやや萎えた肉塊に手早くゴムを装着し、背後からのしかかってくる。

「はぁ……っ」

蜜穴に亀頭がぐっとめり込み、満足げな吐息が漏れた。

ヒクつく浅瀬を硬く張った先端で広げられて、慣らすように幾度か腰を揺らす。そうしているうちに雄々しく隆起した肉塊は元の硬さを取り戻す。

「痛くないか？」

「ん、へ、いき……だから、あっ……あ、はぁ」

彼が腰を動かすたびにぬぽぬぽと粘ついた音が立ち、下腹部が期待にきゅんっと甘く痺れた。

最奥を激しく貫かれたい。加減なんてしなくていいから、壊れるほどに抱かれたい。そんな欲望が押し寄せてきて、止められない。

「も、早く……奥……っ」

明日華はたまらずに腰を揺らし、男根を奥へと呑み込ませていく。

「んぁっ……は、んっ……気持ち、い」

膝を立てて腰を前後に揺らすと、ぬるついた剛直が最奥をこんと軽く穿つ。それが心地好くて、彼の目にどう見えているかも構わずに、明日華は艶めかしく腰をくねらせた。

「こら……っんなに、欲しかったのか？」

背後で息を詰める彼の声が聞こえてくる。

「遠慮はいらなかったみたいだな」

彼はそう言うなり、明日華の腰を抱えて、ずんっと叩きつけた。

「ひぁっ！」

目の前が真っ白に染まり、あまりの心地好さに意識ごと攫われてしまいそうになる。蜜襞を乱《こそ》げながらずるりと引きだされる感覚に肌が粟立《あわだ》ち、全身からどっと汗が噴きだしてくる。

「あぁっ、は、んんん〜〜っ！」

痙攣するように全身が小刻みに震えて、軽く達しても、やめてほしいとは思わない。もっともっととねだるように蜜襞が蠢き、渇きを潤すかのごとく腰を突きだしてしまう。

「……っ、ほんと、最高だよ」

背後で明日華の腰を抱える実樹也が、喉を鳴らし興奮しきった声で言った。

がっしりと腰を抱えられて、肌を打ちつけるように最奥を穿たれ、弱い部分を亀頭の張りだした部分でごりごりと擦られる。

「ひぁっ、い、それ……好きぃ、ん、気持ちいい」

明日華が感じ入った声を上げると、それに呼応するように律動が激しさを増していく。背後からはっはっと短い息遣いが聞こえて、それすらも快感の呼び水となった。

「ほら、ここも好きだろう」

実樹也はずるりと陰茎を引きずり出し、最奥を強く穿つと、前に回した手でつんと尖った花芽を捏ねくり回した。

「はぁ、あっ、それしちゃ、だめっ、また達っちゃう」

愛液にまみれたクリトリスを指で転がされて、収縮する隘路を同時に突き上げられた。指先で摘まみ上げられるくらい硬く凝った淫芽をぬるぬると扱かれると、そのあまりに凄絶な快感に意識が霞みそうになる。

「いいよ、達けばいい」

一度達して余裕があるのか、実樹也は明日華のイイ部分を探るように腰を押し回してくる。その容赦のない腰使いに責め立てられて、快感による涙で目の前が滲んでいく。

剛直を押し込まれるたびに、泡立った愛液がぬちゅ、ぐちゅっと淫らな音を立てて、シーツに飛び散った。

「ひぁっ、ん〜〜っ！」

明日華は腰を仰け反らせ、白い首をしならせながら、感極まった声を上げて達する。さらりとした愛液が太腿を伝い流れ落ち、立てた膝が崩れ落ちそうになるが、そのたびに臀部を掴まれ腰を抱え直される。

「漏らしてるみたいだ」

楽しげに囁きながらも、激しい律動は止まらない。

「ここも、硬くなって、コリコリしてる」

彼はそう言いながら、そそり勃った淫芽をきゅっと摘まみ、愛液を纏わせながら緩く扱く。

「はぁ、はっ、あぁっ」

全身がどろどろに溶けてしまいそうなほど強烈な快感を立て続けに与えられて、絶頂の余韻の中から戻ってこられない。四肢に力が入らず、上半身をくたりと枕に預けていると、クリトリスを弄る手とは反対の手が胸元に伸ばされた。

「ひぁあっ、あ、一緒、やらぁっ」

ふるふると揺れる乳房を包まれ、指の腹で乳嘴を爪弾かれた。

明日華は悲鳴じみたよがり声を上げ、身悶える。もはや、気持ちいいのか苦しいのかさえわからず、ひたすら凄まじいまでの快感に耐えるしかない。

「はぁ、あ、ひぁ、も、あぁ」

乳首を転がされ、長大な剛直で中を突き上げられ、さらにひときわ敏感な淫芽を摘ままれる。もうどこに触れられても感じてしまい、ひぃひぃと掠れた声で甘く喘ぐ。結合部からおびただしい量の愛液が溢れだし、腰の動きに合わせて、ぐちゅぐちゅと泡立った音を奏でる。最奥を擦り上げられるたびに、絶頂の波がやって来て、脈動する男根を強く締めつけてしまう。

「……っ、こら、すぐ出るだろ、もっと力抜けよ」

「はぁ、無理ぃ、ひぁ、あ」

下腹部の痙攣が止められない。隘路が蠕動《ぜんどう》し雄芯に絡みつき、背後で実樹也がくぐもった声を漏らす。

「あー、もう……っ」

実樹也の狂おしげな声が聞こえてくると、腰を穿つスピードが速まり、子宮口を押し上げるような動きで最奥を突かれる。尻に恥毛が擦れ、その感触にさえ、全身がぞくぞくと震えてしまう。

「あ、あっ、はげ、し」

全身を激しく揺さぶられるような律動。亀頭の尖りで震える蜜襞を刮げるように擦られ、押し戻すような動きで貫かれる。

「――っ！」

ぐちゅんっとひときわ大きな淫音が響き、結合部から愛液が噴きだした瞬間、息を詰まらせた実樹也が避妊具越しに熱い白濁を放出する。びゅるびゅると二度目とは思えない大量の精を最奥で迸《ほとばし》らせ、明日華の背中に彼の汗が滴り落ちた。

肩で息をしながら、ぐったりとシーツに身を沈ませていると、欲望をずるりと引き抜いた実樹也が明日華の身体をシーツに転がした。

「みき、や、さ……？」

何度も達したせいで疲れ果てた明日華は、仰向けに寝転がりながら虚ろな目を彼に向けた。

膝はがくがくと震えており、身体を支えていた腕と太腿にはまったくと言っていいほど力が入らない。

「……っ、んんん」

唇が塞がれて、啄むような甘ったるいキスが贈られた。角度を変えながら唇を触れあわせているうちに、どちらからともなく舌を絡ませる。

おずおずと舌を出しながら彼のキスに応えていると、つんと尖った乳首が触れあう胸元で擦られ、心地好さがじんわりと生まれる。

「ん、はっ、はぁ、ふ」

明日華の声にふたたび甘さが混じり始めたことに気づいたのか、情欲を駆り立てるような深い口づけをしながら、彼が腰を押しつけてくる。

「……また勃った」

滾ったもので浅瀬を軽くかき回されると、いとも簡単に官能のスイッチが入ってしまう。けれど、身体はもう限界で、目を瞑れば意識が持っていかれそうなほど疲れ果てていた。

「もぅ、無理……寝ちゃい、ます」

「なら寝られないようにしようか」

「え……」

実樹也に腕を掴まれ、明日華は彼が寝転ぶと同時に挿入したままの状態で起き上がった。浅瀬を貫いていた剛直が角度を変えて、ぐっと膣壁にめり込むと、身体の中心で灯った熱が全身に広がっていく。

「はぁ……っ」

足を開き彼の上に跨《また》がる体勢を取らされ、臀部を鷲掴みにされた。実樹也が腰を浮き上がらせて、真下からぐりぐりと最奥を突き上げる。

先ほどとはまた違った角度で蜜襞を擦り上げられて、散々、快感を与えられた身体は、またもや深い官能の波に呑み込まれていく。

「自分で、気持ちのいいところを擦ればいい」

俺はこっちを弄ってやるから、と乳首をきゅっと摘まれた。

「無理、です……わかんない」

「さっき、一人でしてたじゃないか」

彼の膝に恥部を押し当てて自慰に耽《ふけ》っていたことを指摘されて、明日華の頬が真っ赤に染まる。

「そ、れは……っ」

「お前のイイところは、教えてやるから……ほら」

彼のせいで眠気はすっかりどこかにいってしまった。臀部をぱちぱちと叩かれて、動けと腰を揺らされる。明日華は仕方なく実樹也の胸に両手を突き、ゆっくりと腰を持ち上げた。

「ん、あぁぁ……っ」

身体の中を埋め尽くす肉棒がずるりと抜けでる感覚に、背筋がぞくりと震える。

「大丈夫だから、そのまま腰を落として……ん、いいよ」

言われるがままに腰を落とすと、硬い亀頭の先端が柔襞を擦り上げ、心地好さが結合部からじわりと生まれる。そして、実樹也が軽く腰を持ち上げて、明日華の弱い部分をこつこつと突いた。

「はぁ、あ、そこ」

「好きだよなぁ、ここ」

実樹也が教えてくれたところに腰を落とすと、下腹部がぎゅうと収縮するような快感が湧き上がり、中を埋め尽くす彼のものを締めつけてしまう。

「ほら、お前の中も、悦んでる」

真下で荒く息をついた実樹也は、腰を上下に振るたびに揺れる乳房を揉みしだきながら、気持ち良さげに目を細めた。

「あ、はぁっ、それ、好き、です」

乳嘴を摘まみ上げられ、指の腹で爪弾かれると、身体の奥が燃え立つように熱くなり、徐々に腰の動きが淫らになっていく。すっかり綻び、蕩けきった蜜口から新たな愛液が溢れだし、腰を揺らすたびにぐちゅ、ぬちゅんと泡立った音を響かせた。

「気持ちいい?」

「ん、いいっ、実樹也さんも、気持ちいい?」

がつがつと激しく貪るような律動ではなかったが、疲れ切った身体を無理矢理奮い立たせているうちに身体が昂り、絶頂を求めるような動きに変わっていく。

彼は己の乾いた唇を舌で舐め取り、明日華の腕を引いた。

「きゃ……っ」

彼の上に倒れ込むと、後頭部を掴まれ、唇が重ねられる。

「んん、んっ、ふ……はっ」

くちゅくちゅと舌を絡ませ、口蓋までをも舐め尽くされると、彼の精を搾り取らんとばかりに隘路が本能のままに蠢いた。

「明日華が感じてくれると、俺も気持ちいい」

キスに夢中になって応えていると、その合間に彼の笑い声が聞こえた。

「実樹也、さん？」

「俺が動いていいか？」

ぐっと腰を突き立てられて、すっかりキスばかりに夢中になっていたと知らされる。舌を絡ませながら、真下から突き上げられると、自分で動くよりもずっと深い快感が腹の奥から全身に伝わってきた。

「はぁ、気持ちい、それ、好き」

「感じてるときの顔が、すげぇ可愛い」

舌を突きだしていると、その周りをくるくると舐められ、時折、ちゅっと吸われる。可愛いと言う言葉に反応するように媚肉がうねり、彼のものをさらに奥へと引き込もうとする。

「好きだよ、明日華。お前だけだ。過去も今も未来も、お前以外に愛した女なんていない」

「ひぁっ」

硬い先端でごりごりと擦られ、甘ったるい言葉を囁かれると、それだけで達しそうなほど深い快感に呑み込まれそうになる。

「わざと、やってます、よね……っ」

「本心だよ。だってお前、本当に可愛い。可愛いって言うたびに、中がきゅうきゅううねってる」

実樹也は楽しそうに笑いながら、腰をずんずんと押し上げた。

「あぁ、んっ、待って……それ、すぐ……っ」

「明日華、キスしよう。俺も、出そう」

先ほど達したばかりなのに、彼にも余裕が感じられないのは、明日華に煽られたからだろうか。

少しは翻弄されてくれていればと思いつつ、明日華は下腹部にぎゅうっと力を込めた。

「はっ、も、やっぱ」

腰を揺らす実樹也が狂おしげな声を漏らし、最奥をずんっと突き上げた。たまらないとばかりにがつがつと腰を叩きつけられて、うねる媚肉をぐちゃぐちゃにかき混ぜられる。

「ひぁっ、あっ、ん〜〜〜っ！」

全身がぶるりと震えて、目の前が涙で霞む。呆気なく何度目かの絶頂に達した瞬間、彼もまた最奥で飛沫《しぶき》を迸らせた。

「はぁ、はっ」

「は……、ったく、お前に搾り取られた……」

どくどくと脈動する肉塊はまだ身体の奥で熱を持っている。だが、それ以上動く気はないようで、明日華はぺたりと彼の胸に顔を押しつけた。

実樹也の腕が身体に回され、緩く抱き締められる。情欲を伴わない触れあいが、なんとも幸せで心地いい。

「あー、寝そう」

彼は目を瞑ったまま、深く息を吐きだし、明日華の汗で濡れた髪や額に口づけた。眠いなら寝ればいいのに、それでも明日華を離さないでいてくれるところも好きだと思う。

「なら、抜いてください」

自分から動きたいが、抱き締められているため動けないのだ。もぞもぞと実樹也の胸の上で動いていると、いやだとばかりに頭を抱え込まれた。

「このまま、もうちょっと。もう大きくないから、いいだろ」

実樹也は目を瞑ったまま、ぼそぼそと言った。

珍しく甘えるような言葉に笑ってしまう。相当眠そうだが、それでも明日華を離さないのは、紫門に触れられたことが尾を引いているのかもしれない。

離さないとばかりに抱き締められ、明日華もまた、彼の腕の中で眠りに落ちていった。


一夜明け、シャワーを浴びて朝食を済ませた二人は、替えたばかりのシーツに寝転んでいた。今日はなんの用事もなくだらだらできるとあって、昼食の準備をする時間までは自由だ。

明日華はスマートフォンのメッセージアプリを立ち上げる。紫門に謝罪と礼のメッセージを送ろうとすると、真横から画面を覗き込まれた。

「昨日の男……お前がよく話してる親友の一人だよな？　まさかもう一人も男か？」

「違います、葵央は女性で、もう結婚もしてますよ」

メッセージを打ちながら実樹也の問いに答えているると、ちょうどタイミングよく、紫門からメッセージが入った。明日華を抱き締めながら画面を見ていた実樹也の表情が固まり、形のいい眉が寄せられる。

「おい……『昔、付き合ってたとか言わない方がいいと思うよ』ってどういうことだ？」

「あ〜それは」

紫門め、余計なことを、と八つ当たりじみた気持ちになる。

明日華は紫門との交際とも言えない交際を実樹也に話すつもりなんてなかった。自分ならば、彼が過去に付き合った女性の話など聞きたくない。

浮気を疑った実樹也が紫門からのメッセージを確認する可能性も考えて、こんな内容を書いたのかもしれない。振られた腹いせかもしれないと思うとやや苛立つが、距離を取られなくてほっとしてもいた。やはり明日華にとって紫門は、大事な親友なのだ。

「昔の男だとは聞いてないいな」

スマートフォンを取り上げられて、実樹也が覆い被さってくる。ベッドが軋《きし》み、彼の顔が近づいてくると、こんなときなのに実樹也の嫉妬が嬉しくなってしまう。

「なに笑ってる」

「だって、嬉しくて。私に経験がなかったの、知ってるくせに」

男性との性体験どころかキスさえしたことがなかったと、知っているはずだ。それなのに本気の嫉妬を見せてくれる彼が可愛くて、愛おしい。

「ムカつくだろう。たとえ一瞬でも、ほかの男がお前のここにいたんなら」

彼の指先が胸の中心をつんと突いた。

「いません、ほかの誰も。過去も今も未来も、あなただけです」

どうやって誤解を解こうか。

明日華はそう考えながら、実樹也の首に腕を回し、愛しい人の唇を受け止めた。

第八章

夏季休暇が終わり、休み明けの気怠さと闘いながらなんとか一週間を乗り切った。

金曜日の今日、実樹也は仕事が遅くなる予定だと言っていたため、明日華も葵央と紫門との約束を入れた。

それを実樹也に言えば、いまだ紫門との学生時代の交際を根に持ってはいるものの、二人きりじゃないならと渋々許しをくれたのだ。

明日華はいつものホテルに向かい会員制サロンに足を運んだ。

示し合わせたわけでもないのに、紫門が一人でラウンジのソファーに腰かけている。おそらく早く来て明日華を待っていたのだろう。

「お待たせ」

明日華が緊張しつつも、何事もなかったかのように声をかけると、紫門も片手を挙げて答えた。

「お疲れ」

紫門も仕事帰りのようで、今日は水色のシャツにスーツ姿だった。暑いのかジャケットは空いた椅子に置かれている。

あれからメッセージのやり取りはしたが、直接話はしていない。

「あの、ごめ」

「ごめん」

紫門は椅子に腰かけたまま、膝に手をつき明日華に向かって頭を下げた。互いに謝罪をする形になり、顔を見合わせて噴きだす。

「俺からちゃんと言わせて。この間はごめん、忘れてくれていいから。昔、好きだったのは本当だけど、今は親友としての明日華の方が大事なんだ。友人じゃなくなるかもしれないって思ったら、めちゃくちゃ後悔した」

「……わかった、忘れる。あと、家に一人でいるときに紫門を呼ばない」

「あ、やっぱり怒られた？　よく俺を家に入れるなと思ってた」

「先に言ってよ！」

明日華が紫門の腕を軽く叩くと、嬉しげに微笑まれて、なんとも言えない気持ちになる。

「外でできる話じゃなかったからね。でも、誤解でよかったよ。あの人の顔を見たら、明日華への気持ちなんて疑う余地もない」

自分が実樹也に恋をしたからこそわかった。

紫門は明日華が触れるたびに同じ顔をする。好きな人に触れたい、触れられたい、そんな気持ちを彼がずっと抱いてくれていたことを、今になって理解した。

気づかないふりをするしかなくて泣きそうな顔で笑うと、顔に出ていたのか、呆れた目で見つめられる。だが、そんな自分たちの微妙な空気を打ち破るような明るい声が響いた。

「お待たせ～」

葵央は夏らしい水色のオフショルダーのシャツに白のパンツスタイルだ。黄色のクラッチバッグを合わせており、長い爪には花が描かれ、ゴールドのラメが入っている。

明日華も水色の半袖シャツに、クリーム色の生地に小花柄が描かれたフレアスカートを穿いていた。示し合わせたわけでもないのに、こうも被るとおもしろい。

「お疲れ、行こっか」

紫門と顔を見合わせると、どちらもなにも言わず立ち上がる。

「今日は中華を予約したの」

「いいわね～。お腹空いたからがっつり食べたい気分」

「俺も」

サロン内にあるレストランに入ると、すぐさま個室席に案内された。サロン内のレストランはランチもディナーも提供はコース料理のみだ。円卓を三人で囲い、飲み物の注文を済ませる。

前菜、すっぽんのスープから始まり、北京《ペキン》ダックにフカヒレ煮込み、ヒレ肉のステーキまでついたコースを頼むと、すぐさま前菜と飲み物が運ばれてきた。

「じゃあ、明日華の婚約に乾杯」

乾杯の音頭を取ったのは紫門だ。

「ありがとう」

グラスを軽く上げ、ビールに口をつけた。一口だけ飲みグラスを置き、早速、旅行の土産に買ってきた酒を渡した。

「ありがと。二人で旅行に行ったのね。上手くいってるみたいで安心した」

「そうだな」

明日華は、実樹也と幼い頃に顔を合わせていたことや、彼が実はずっと自分を好きでいてくれたことを話して聞かせる。

「へぇ～、だからお見合い当日にその場でプロポーズだったんだ。よかったじゃない。出世のためじゃなくて。じゃあ、あとは結婚式かぁ。式場は決まったのよね？」

「うん、二人に招待状出していい？」

「もちろん」

二人ともに笑顔で返されて、明日華もほっとする。披露宴の招待客は五百人近くになることが決まっている。そのほとんどが戸波と葛城食品の関係者だ。親族が経営陣に多数いるため、かなりの人数になってしまう。

当日は仕事関係者も多く来るため、お堅い式になる予定だ。だから、どちらかと言えば明日華は友人たちとの二次会の方が楽しみだった。

（お姉さんは呼ばないって言ってたけど……）

親族席に菫の椅子は用意しないと実樹也は言っていた。血の繋がりがないとは言え、実子と変わらない養子なのに、式にも披露宴にも呼ぶつもりはないらしい。

明日華としても菫が来るとなればハラハラしただろうから、彼の決断に不満はないのだが、これ以上なにも起きないと願うばかりだ。

「白無垢？　ドレス？」

「当日はドレスだけど、色打掛で写真は撮るよ」

「明日華、絶対に着物似合うわ」

ね、と葵央が紫門に同意を求めると、紫門も頷いた。

「実樹也さんと同じこと言う」

どうしても明日華の着物姿が見たいと実樹也が言うため、見合いをした料亭近くで写真だけ撮ってもらうことにしたのだ。

「婚約者様は、明日華の着物姿が好きなのね」

「お見合いの日に着てたからだと思う」

綺麗だと言われたあの日を思い出しにやけそうになっていると、すかさず葵央にツッコまれた。

「なにニヤニヤしてるのよ」

「……なんでもない」

「明日華の片思いが叶ってよかったわ。当日、楽しみにしてるからね。あと、二次会は私と紫門に任せなさい」

葵央は胸の中心を拳で叩いた。結婚が決まったとき、二次会の幹事は自分たちがやるからと最初に申し出てくれたのは二人だ。

「私と明日華は運命の人に出会っちゃったわけでしょ。残るは紫門だけね」

葵央は、グラスを傾ける紫門に目を向けて言った。

「俺はないな。女性とは遊びでいい。だって二人と喋ってる方が楽しいし」

彼は笑いながらそう言った。その笑顔の中に切なさを見つけてしまうと、どうしようもなく胸が痛む。それでも明日華は紫門を選べない。

「一生独身ね」

「べつにそれでいいよ」

いつものように二人と会話と食事を楽しみ、二時間ほどで店を出た。

エレベーターでロビー階に下りると、明日華はふと視線を感じて足を止めた。

「明日華？　どうしたの？」

紫門は、急に立ち止まった明日華を振り返った。

周囲を見回していると、ロビーのソファーに座っている女性が、じっとこちらを見ていることに気づく。

（あの人……実樹也さんのお義姉《ねえ》さん？）

偶然とは思えない。菫は明日華に会いに来たのだろう。

菫は金で人を支配下に置くタイプの女性だと聞いた。探偵にでも頼んで明日華の居場所を探らせたのかもしれない。

葵央たちとの食事は、ほとんどこのホテルのサロンを利用しているから、調べるにしてもそう時間はかからない。

話の内容は想像がつくが、いつ明日華がここに来るかもわからないのにホテルを張っているなんて、よほど余裕がないと見える。

不正取引や脅迫が父親に知られ、いつ副社長の地位を追われるかと内心では焦っているのかもしれない。それだけが理由ではないような気もするが。

菫は、明日華と目が合うと、ソファーから立ち上がり、こちらに近づいてくる。

「明日華、あの人って」

紫門も気づいたようで、菫の姿を捉えると、案じるように明日華を見る。

「婚約者に連絡した方がいいんじゃない？」

「うん」

そう言われスマートフォンを取りだそうとするが、彼女が明日華の前に立ちはだかる方が早かった。

「待ってたわよ」

菫はそう言って、明日華を睨みつけた。

「彼女になにか用ですか？」

紫門は明日華を庇《かば》うように前に立つ。

「関係のない男が出しゃばらないで。私はこの人に用があるだけよ」

菫は紫門を睨みつけながら言った。思えば彼女とは、ホテルのエレベーターでほんの一時顔を合わせたに過ぎないが、初対面からの強烈な印象は変わらない。

「誰？　明日華の知り合い？」

なにも知らない葵央は、眉を顰める紫門と菫を交互に見ながら、訝しげに聞いた。

「あ、うん。実樹也さんのお姉さん。紫門、私は大丈夫だから」

紫門は納得していないような顔をしていたが、大丈夫だと彼の腕を軽く叩くと渋々引いてくれた。

「二人とも、今日はありがとう」

「明日華、本当に大丈夫？」

信用ならないと言いたげに眉を顰める紫門に頷きを返す。

「大丈夫だってば。二人とも、また連絡するね」

紫門は別れ際まで案じるような顔をしていたが、諦めたように背を向ける。二人を巻き込みたくなかったから、この場に残ると言われなくてよかった。

「ちょっと！　用があって会いに来たんだから、早くしなさいよ！」

待たされたことが気に食わなかったのか、菫は眉を寄せて、そう言い放った。

いくら実樹也の姉とは言え、初めて会う相手にその態度かと呆れてしまう。やはりこの人は苦手だ。

「こんばんは。一度、お電話で話をさせていただきました。戸波明日華と申します。お目にかかれて光栄です」

明日華は友人二人を見送り、菫に向かって丁寧に頭を下げた。

「それで、お姉さんはどうしてここに？」

明日華があえて聞くと、菫はなぜわからないのかと言いたげに顔を歪ませ、これ見よがしにため息をついた。そして背後に目を向け、誰かを呼ぶような仕草をする。

すると、ロビーのソファーで座っていた男が立ち上がり、こちらに歩いてきた。

「菫さん、この女？　どこかで見た……あ、エレベーターで会った子じゃん」

髪を茶色に染めた男が菫の背後に立ち、彼女の肩に手を置いた。男はシャツにジャケットを羽織っているものの、話し方から軽薄な印象を抱く。

（エレベーター？）

「へぇ」

男はニヤニヤと笑いながら、明日華の身体を舐めるように見つめた。

その顔にはどこか見覚えがある。

（もしかしてこの人……お姉さんと一緒にいた、前にここで会った人？）

顔はちらっとしか見ておらず、あのときの男と同一人物だとは断定できないが、この軽々しい話し方と声には覚えがある。

しかし、どうしてわざわざ男を連れて、明日華を待ち伏せするのだろう。いやな予感しかしない。

「あなたに話があったの。ここじゃなんだから、部屋に行きましょう」

菫は、先ほどとは一変した機嫌良さげな様子で口元を緩ませた。

「部屋？」

「えぇ、落ち着いて話せるでしょう？」

勝ち誇ったように言う菫にも、ニヤニヤとこちらを見る男にも不快感しかない。

部屋に付いていけばなにが起こるか。男を連れてここで待ち伏せしていたことを考えると、下劣な想像しかできないのだが。

「……話ならラウンジで伺います」

「だめだよ～。部屋で話すって菫さんが言ってるだろ？」

明日華が言うと、男が立ち上がり、逃げられないように背後に回った。肩に手を置かれて、その手を振り払う。

「触らないでいただけます？」

「気の強い女は嫌いじゃないけどさ～。もうちょっと可愛げがあってもいいんじゃないの」

男はふてくされた様子ではあったが、まだ自分が優勢に立っていると思っているのか、今度は明日華の腰に腕を回した。

「さっさと行くわよ。この女を連れてきなさい」

菫が顎をしゃくると、男が明日華の腰を強く引いた。

「きゃ……っ」

足を踏ん張らせるが、男の力には敵わず倒れそうになってしまう。

「ほら、さっさと来いよ。女に乱暴なことはしたくないんだけどな～」

「たす……っ」

助けを求める声は菫の手のひらに塞がれた。周囲から見えないようにするためか、左右を菫と男で固められる。

（やっぱり紫門にいてもらえばよかった。お姉さんだけだと思って油断した……っ）

腰に腕を回され強引に歩かされると、人気のないエレベーターホールに運悪くエレベーターが到着したところだった。逃げる隙はなくエレベーターに乗せられる。

「なにするのっ！」

くぐもった声で叫んだが、目の前でエレベーターのドアが閉まっていく。男は空いた手で十階のボタンを押した。

非常呼びだしボタンを押せる隙があればと思っていたが、明日華の腰を掴んだ腕は離れていかなかった。背後の防犯カメラを見ようとしても両脇に菫と男がいるため、顔を動かせない。カメラからは、酔ってふらついた友人を介抱しているように見えているかもしれない。

「だから言ったじゃないの。後悔する前に別れなさいって」

菫は勝ち誇ったような顔で口元をにやつかせた。菫は明日華に連絡をしてきたあのときから、すでにこの計画を立てていたに違いない。明日華がこのホテルに足を運んでいることを調べ、狙うタイミングを計っていたのだ。

なにかを企んでいるのでは、と警戒していたが、まさかこんな犯罪紛《まが》いな行動に出るなんて思いもしなかった。周囲を脅して自分の地位を得たという話を聞いていたのに。

こういうとき、自分は世間知らずのお嬢様でしかないのだと痛感する。社会に出て、多少、世間を知った気になってはいても、環境にも家族にも友人にも恵まれていた明日華は、純粋な悪意を向けられた経験がほとんどない。犯罪に関わる人間は、どこか違う世界に生きる人のように考えていた。

「こんなこと、許されると思ってるの？」

「なに言ってるの？　明るみに出なければ、なにもないのと同じでしょ？」

「な……っ」

菫の言い分が信じがたかった。

冷静に冷静にと自分に言い聞かせられるのは、焦りよりも彼女への苛立ちが勝っているからだ。家族だから仕方がないと実樹也がどれだけ我慢を強いられたかと思うと、恐怖よりも怒りで身体が震えそうだ。

たとえ血が繋がっていなくとも、菫は不幸ではなかったはずだ。両親から実樹也と区別なく愛情を注がれた、むしろ甘やかされていたと聞いた。

血が繋がっていないことで人知れず思うことはあったとしても、家族からの愛情と優しさに甘え続けていたのだから。

途中階で停まることもなくエレベーターが十階に着くと、明日華が声を出せないように、ふたたび菫に口元を塞がれ、強引に歩かされる。腕を振り払ってどうにか逃げようともがくが、二人に押さえられていては難しい。

「ん〜っ、むうぅ〜！」

「おとなしくしておいた方がいいよ。そのお綺麗な顔を変えたくはないだろ。菫さんさ〜キレるとマジでこっわいの。特に君みたいな、自分より美人の女が大嫌い」

男は明日華の耳元に唇を寄せ、囁くように言った。

恐怖がじりじりと背筋を這い上がってくる。それでも気持ちを折られるわけにはいかなかった。

実樹也を好きになったことも、婚約したことも、後悔なんてしない。ただ、明日華がこの男に乱暴されたら、実樹也が深く傷つく。

姉について話すときの実樹也はいつだって申し訳なさそうだった。何度彼に謝られたかわからない。今回のことで、きっと彼はまた自分を責める。

身内を切り離せないとしても、明日華はもうあんな顔を実樹也にさせたくない。

だから、なにがなんでも逃げださなければ。

(なんとか……時間を稼がなきゃ……っ)

部屋の鍵を取りだすためか、菫が明日華の腕を離した。その隙に明日華は自由になった手をバッグの中にそっと忍び込ませ、化粧ポーチのファスナーを開けると、ポーチを床に叩きつけた。厚手の絨毯がクッションになり、周囲に響くような音は鳴らなかった。

しかし、叩きつけた化粧ポーチからはファンデーションやチーク、アイシャドウがこぼれ出て、中身が飛び散ってしまっている。

このまま部屋に連れ込まれれば、廊下に不自然に落ちた化粧ポーチに、ホテルのスタッフが訝しむだろう。何かが起こったと気づいてくれるかもしれない。

だとしても、万事休すな状況に変わりはないが。

「なにやってるのよっ！」

腹立たしげに菫が叫んだ。

男の腕が離れていくことを期待したが、残念ながらそうはならなかった。男は明日華の腕を強く掴んだまま、床に落ちた化粧ポーチに手を伸ばす。

「私を部屋に連れ込んで、この男になにをさせる気ですかっ？」

一瞬のその隙を突いて、明日華は廊下に響くほどの大きな声で叫んだ。誰かが部屋にいれば、明日華の声を聞き、フロントに連絡を入れてくれるかもしれない。

男は明日華の声に驚き、慌てた様子で化粧品類を拾っていく。だが、アイブロウ、アイライナー、香水のアトマイザーなど小物類がバラバラに散らばっており、拾うのに手こずっているようだ。

「そんなの放っておきなさいっ！」

菫は反対側から明日華の腕を強く引き、ずんずんと部屋に歩いていった。男は拾うのを諦めたのか、化粧ポーチだけを持って、菫のあとに続いた。

「助けてっ！」

菫が部屋の鍵を開けている間に逃げだそうとするが、男の腕に阻まれてしまう。部屋のドアが開けられて、突き飛ばすように室内に押し込まれた。

「いやっ」

「はい、ざんね～ん」

男に腕を引かれてベッドに押し倒された。ベッドに膝をのせて、明日華の身体を足で挟み込むように押さえられると、抜けだすこともできない。

「は……っ、はぁ」

心臓がどくどくと激しくいやな音を立てる。

顔色をなくした明日華と違い、菫と男は余裕を取り戻す。

「あは、もう逃げられないわよ」

菫はソファーに悠々と腰かけ、テーブルに置いてあるワインをグラスに注ぐと、ゆっくりとグラスを回し、味わうようにワインを口に含んだ。その間も男は明日華の足に跨がったままだ。

「……っ、話があるのでは？」

時間を稼ぐために、震えをこらえて平静を装うと、菫の顔がますます嗜虐《しぎゃく》的に歪んだ。

「婚約を破棄しなさいと言ったのに、あなたが言うことを聞かないから悪いのよ？」

「なにをされても、実樹也さんとは別れません」

「なにをされても、ね。その強がりがどこまで持つかしらね」

明日華は鋭く目を細めて菫を睨む。

「いい？　実樹也はあなたと結婚するつもりはないの。あなたは愛されていないんだから」

まるで、自分は愛されている、というような口調だ。

菫にとって実樹也は、己のそばにいることが当然だと思っていた相手。けれど、ただ己の虚栄心を満たすためだけに、実樹也をそばに置きたがったわけじゃないだろう。

（やっぱりこの人、実樹也さんのこと、弟だなんて思ってないでしょう）

以前の電話でも、菫が実樹也に執着しているのは感じられた。きっとそれは恋情なのだと思う。

紫門が言っていたではないか。明日華がどうして恋人だと勘違いしたかわかる、と。

実樹也は〝おもちゃ〟と表現していたが、菫にとって彼は、両親以外になにがあっても自分を許してくれる唯一の相手。血が繋がらないと知れば、その想いが愛に変わってもおかしくはない。

彼女にとって実樹也は、弟ではなく男だったのだろう。

「あなたは、実樹也さんに愛されていると？」

「当たり前じゃないの。実樹也は私の言うことならなんでも聞くわ」

菫は自分の言葉に酔ったように目を細めた。

今まで実樹也がどれだけ我慢していたかを思うと、ただただ腹立たしい。彼に愛情があるなら、どうして不幸にするような真似ばかりするのか。菫を理解しようと思っても難しかった。

「あなたよりず～っと私の方が実樹也に大切にされてるのよ。なんといっても家族ですもの」

菫はグラスをテーブルに置き、ベッドに腰かけると、明日華の顔を覗き込んで言葉を続けた。

「あなたにいいことを教えてあげる。私たち、血の繋がりはないのよ」

菫のかさついた唇がいやらしく弧を描く。なにかを含んだような言い方だ。

「それがなにか？」

「あら、知ってたのね」

「えぇ」

「なら話は簡単じゃないの。私と実樹也はいずれ結婚するわ」

実樹也が幼い頃から何年も我慢を重ねてきたのは、菫への同情もあるだろうが、血が繋がっていなくとも姉だと思っていたからだろう。

「……虫唾《むしず》が走る」

「なんですって！」

不快そうに眉を寄せた菫が激高する。

明日華と結婚するにあたって、菫がその障害となるなら決別すると、腹をくくると彼は言った。家族との縁を切ることを簡単に決断できたとは思えない。

「これ以上、実樹也さんを貶《おとし》めるのはやめていただけますか」

明日華が冷え切った目を向けると、菫は一瞬たじろいだように身体を反らした。けれど、すぐさま明日華を睨みつけると、ベッドから立ち上がった。

「もう話は終わりよ！　さっさとやっちゃってちょうだい！」

「ほ～い」

菫はバッグからスマートフォンを取りだしてカメラレンズを明日華へと向けた。彼らがなにをしようとしているかを察し、全身が恐怖で小刻みに震える。

「そんな緊張しなくても、痛くはしないよ。諦めて楽しめばいいじゃん」

男の手が明日華の服にかかった。シャツを捲り上げられて、ぞわりと肌が粟立つ。

実樹也以外の男性に肌を許したことは当然ないけれど、好意を持った相手とそれ以外ではこうも違うのだと実感する。実樹也に触れられているときのような高揚感も幸福感もいっさいない。

「すぐに警察が来るわっ」

「そうかなぁ？　今までバレたことないけど」

「そうよ、揉め事だとわかっていて、積極的に関わる人はいない。つまり、助けは来ないわよ」

菫はスマートフォン片手に楽しそうにケラケラと笑った。

つまり、彼らがこういう真似をするのは初めてではないのだ。その手慣れた様子からもしやとは思っていたが、明日華が想像していたよりもずっと菫は奸悪《かんあく》だった。

これ以上、時間を稼ぐのも難しい。今度こそ万事休すかと思った次の瞬間、激しく部屋のドアがノックされて、チャイムがけたたましく鳴り響く。

（誰か……気づいてくれた……？）

「たすけ……っ、んんん～！」

明日華が叫ぼうとすると、今度は男が手のひらで口元を塞いできた。明日華は手を伸ばし、近くにあった自分のバッグを掴み、思いっきり壁に向かって投げた。

バッグは弧を描き、壁にぶつかり、どんっと重い音を立てた。そのとき部屋のドアが開けられて、愛しい人が飛び込んでくる。

「明日華……っ！」

実樹也は、明日華の上にのしかかっていた男を思いっきり蹴飛ばした。

「ぐ……ぅっ」

男は呻き声を上げながら、腹を抱えてベッドからずり落ちた。

「み、きやさ」

「よかった、無事で」

足が解放されて自由になり、実樹也へと腕を伸ばすと、息ができないほど強く抱き締められた。恐怖で全身が震えていたが、実樹也の背中に腕を回し、胸に顔を埋めると、激しい胸の鼓動が少しずつ落ち着いてくる。

そろそろと腕を離し周囲を見回す。客室のドア近くにはホテルのスタッフも立っており、ヘッドセットでなにかを話しているようだ。

助かったのだという安堵で胸がいっぱいになり、深く息を吐きながら実樹也に視線を向けた。彼は申し訳なさそうに眉を下げていた。その顔に「すまない」と書いてあり、明日華は腹立たしさともどかしさで口を引き結ぶ。

「なんで実樹也が来るのよっ」

「姉さん、いい加減にしてくれないか」

実樹也は明日華を守るようにベッドの前に立つ。庇うような行動が気に食わなかったのか、菫の顔が忌々しげに歪んだ。

「いい加減にって……なにを言ってるの？　私はあなたのために……」

「あなたのため？　あんたがしたことで俺が喜んだことなんてこれまでなにひとつないさ。幼い頃から何度、姉さんと家族でさえなければと思ったか」

実樹也の言葉が信じがたいのか、菫はわなわなと手を震わせていた。

「家族でさえなければって……私を、特別に想ってたってことでしょう？」

「そんなわけないだろう。心底迷惑だと思ってたよ。問題ばかり起こし、他人に迷惑をかけ、傲慢で高飛車で傍若無人。家族でさえなければ逃げられるのにと、幼い頃からずっと思ってた」

「うそよっ、そんなの！　だってずっと言ってたじゃない！　私のために外で勉強してくるって！　私が呼びだせば絶対に断らなかったじゃない！　この間だって、私のことが大事だって……そのためならなんでもするって」

菫は悲鳴じみた声を上げた。彼女にとって実樹也だけが金を使わずとも近くにいてくれる存在だったのだ。その相手に迷惑だと言われ、信じてきた世界が崩れてしまったのかもしれない。

「あんたが大事だと言ったか？　俺は家族と葛城食品が大事だと言ったんだ。家族には当然、明日華も含まれている。俺は、明日華を守るためならなんでもすると言っただけだ」

「違うっ！　そんなわけない！」

菫は聞きたくないとでも言うように、取り乱しながら耳を塞いだ。

「俺があんたの言いなりになっていたのは、多少なりともその生まれに同情していたこともあるが、なにより家族の問題を大きくしたくなかったからだ。でも……やりすぎだ。あんた、明日華になにをしようとした？」

実樹也の低い声に菫の肩が小さく震えた。きっと彼女はこんな風に怒った実樹也を今まで見たこともなかったのだろう。あり得ないという風に首を横に振る。

「私は……ただ、あなたのために……婚約を」

「俺のため？　笑わせる。自分のためだろう。あんたはただ、大事なおもちゃが人のものになるのが許せなかっただけだ。だから取り戻そうとした」

「違う……」

「俺は、あんたが明日華にしようとしたことを、絶対に許さない」

「うそ……そんなの、うそよ……」

吐き捨てるように実樹也が言うと、菫はショックを受けたように顔を歪ませた。

「実樹也っ、違う……違うの、捨てないで」

「これ以上話すことはなにもない。事情は警察で」

実樹也の言葉に菫は顔を蒼白《そうはく》にする。

「いやよ！　警察ってなに！　わ、私たちは三人で部屋にいただけでしょ。あとはそこの男が勝手にしたこと。私はなにもしてないわ！」

「は？　そりゃないっしょ、菫さん」

男は額に青筋を浮かべて、ベッドの横から起き上がった。部屋から逃げだそうとするのを、実樹也の背後にいたホテルのスタッフが押しとどめる。

「そもそも、宿泊者以外が部屋に入るのは利用規約に反します。外部からの通報があり監視カメラを確認しましたところ、女性が部屋に連れ込まれている様子が確認されました。詳しい事情をお伺いしますので、事務所までご同行いただけますか？　すでに警察には通報しておりますので」

スタッフが毅然《きぜん》とした態度で言うと、菫は立ち上がった。

菫の逃げ道を塞ぐようにして、応援に駆けつけた別のスタッフがドアの前に立つ。

「なによ、なによっ！　なんなのよ！」

菫はテーブルに置いてあったワイングラスを手に取り、明日華に向けた。

「なにもかもあんたのせいよ！」

「……っ」

咄嗟に手で頭を庇い目を瞑ると、ぱしゃりと水音がしてワインの匂いが広がる。

だが、ワインがかかった様子はなかった。そろそろと目を開けると、ワイシャツを赤く染めた実樹也がすぐ横に立っていた。

「もういい」

菫に決別の言葉をかけようとする実樹也の方が傷ついているように見えた。彼からすればこんな人でも姉なのだ。

明日華は、これ以上、実樹也が傷つくのは見たくなくて、彼を庇うようにして前に立った。

「あなたに傷つく資格はないでしょ」

「え……」

「どうしてわからないの？　実樹也さんを大切に想っているなら、どうしてその相手を傷つけるような真似をするの！」

ふぅふぅと肩で息をしながら指差し、勢いよく告げた。しかし菫は不機嫌そうに眉を寄せるばかりで、なにひとつ伝わっていないのは明らかだ。

どれだけ言葉を重ねても、それを曲解して受け止める人もいる。他人だったなら〝そういう性質〟だったと諦めもつくだろうが、実樹也や家族の気持ちを考えるとやり切れない。

「明日華、ありがとう。でも大丈夫だから。もういい加減、俺も家族も愛想が尽きたんだ」

実樹也はそう言うと、愕然とする菫に向き直った。

「姉さん、甘い顔をするのもこれまでだ。家族としての縁も切る。今回の件だけじゃない。あんたのやったことは直にすべて明るみに出ると思っていろ」

「実樹也……」

菫は表情なく立ち尽くしたまま、その言葉を受け止めていた。

「行こう」

実樹也に手を引かれて立ち上がる。

彼は菫にいっさい目を向けることなく、部屋を出た。

その後、駆けつけた警察官に事情を説明し、解放されたのは深夜を回ってのことだった。


明日華は車の助手席に乗り込むなり、実樹也の謝罪を受けた。

「悪かった」

「もう、そんなに何度も謝らないでください……大丈夫ですから」

なるべく軽い口調で言ったつもりだったが、数時間前、男に襲われそうになったことを思い出すと、恐怖がよみがえり、顔が強張る。

実樹也は、明日華の表情を見て、これ以上先ほどの件に触れるべきではないと判断したのか、車内に充満するアルコール臭を外に逃がすように窓を開けた。

エンジン音が響き、車が発進する。駐車場から出ると、強張っていた肩から力が抜けた。

「紫門から連絡があって、来てくれたんですか？」

明日華が紫門の名前を出すと、実樹也の眉がほんの少し寄せられた。明日華はそんな彼の反応にようやく笑みを浮かべる。

「あぁ、職場にな。気に食わないが、連絡をもらって助かった」

「もう……紫門にちゃんとお礼言わないと」

「今度、美味《うま》い酒を奢《おご》れだと。そのときは俺も行くからな」

「え、来てくれるんですかっ？」

明日華は、葵央と紫門の二人に実樹也を紹介したいとずっと思っていたのだ。実樹也と紫門は顔を合わせたが、きちんと場を設けて、親友二人に彼を知ってほしかった。

「嬉しいな。楽しみです」

明日華が弾んだ声で言うと、隣でハンドルを握る実樹也がふっと笑ったのがわかった。

「どうかしました？」

「俺はいつも、お前の明るさに救われてるよ。実家にいた頃は、家に帰るのがいやだった。一人暮らしを始めてからストレスはなくなったが、早く家に帰りたいと思ったのは、明日華と一緒に暮らしてからだ。お前といるとほっとする」

「私もです」

運転の邪魔にならないように彼の腕に頭をこつんとぶつけると、片手で髪をぐしゃぐしゃに乱された。

「実樹也さんのお姉さんですけど、私はあの人が好きになれません、すみません」

ぽつりと漏らすと、実樹也は首を横に振った。

「あんなことがあったんだ。当然だろう。それに、俺もだ。これも姉が自分で選んだ結果なんだから、明日華が気にすることじゃない」

「はい」

「ただ……お前にまた迷惑をかける」

「迷惑ですか？」

どういうことだろうと首を傾げると、実樹也は前を向いたまま話しだした。

「俺は近いうちに戸波を退職する」

「えぇっ⁉　辞めるんですかっ？　どうして⁉」

まさか本当に葛城食品に転職するのではないかという考えが頭を過る。

「実は社長から、子会社の代表にならないかと言われてな。それを受けることにした」

「子会社の代表？　そういえば前に……役員候補に名前が挙がったって」

戸波の役員になるわけではないのだろうか。

「あぁ、以前から戸波の役員を引き受けてくれないかって話はあった。でもそのときは、姉のことで戸波に迷惑をかける可能性を考えて断ったんだ。それに、明日華と結婚するなんて思ってもなかったしな。その話を受けようと思ったのは、俺の中で区切りがついたからだ。いつまでも姉にしてやられてる男なんて、かっこ悪いだろ？」

「実樹也さんはかっこ悪くなんてないですよ」

「男はさ、好きな女にはもっとかっこいいと思われたいんだよ」

じわじわと顔が熱くなってきて、真面目な話をしているのに顔がにやつきそうになる。

「今回の件とは別に、近いうちにまた騒がしくなると思う。でも、これでなんの憂いもなくお前と結婚できる」

「わかりました、信じて待ってます」

明日華が意気込んで言うと、実樹也は目を瞬かせた。

「明日華はちょっと、俺を信じすぎだと思うぞ」

「大好きな人を信じてなにが悪いんですか」

実樹也の手が伸ばされ、耳をくすぐる。

運転していなければ、キスでもしてくれただろうか。

家までそう時間はかからないが、早く抱き締めてほしかった。

センセーショナルなニュースが駆け巡ったのは、それから一週間後のことだ。

朝のニュース番組を実樹也と見ながら、騒がしくなると実樹也が言っていたのはこのことかと納得した。

『葛城食品元副社長である葛城菫氏、不正取引が判明。特別背任容疑で逮捕！』

『下請け企業からの架空請求を黙認し、その見返りに過度な接待や金品を要求！』

『元副社長の豪遊三昧⁉　ホスト遊びに一千万！』

ニュースキャスターは、菫が架空の代金を下請け企業に請求させ、その一部を受領していたと報道した。

捜査員が下請け企業と葛城食品への家宅捜索に踏み込む様子がテレビに流れている。

「実樹也さん、お姉さんが……」

「あぁ、わかっていたことだから。父が決断してくれてよかったよ」

別の番組では、警察に連行される菫が映っている。

頭から被るように灰色のジャンパーを羽織っているが、暴れでもしたのか乱れた髪が前に垂れていた。フードの隙間から恨みがましい視線を覗かせており、とても先週顔を合わせた相手と同一人物には見えなかった。

「騒ぎになるだろうから今日は有休を取る。明日華もそれでいいか？」

「は、はい……もちろんです」

実樹也は休みの連絡を会社に入れた。

ニュースではその間も、菫がいかに金遣いが荒いか、どういう生活をしていたかに焦点を当てており、過去の交際相手のコメントも出ていた。

先週会ったあのホストにかどうかはわからないが、下請けから得た金で高級外車を買い、男に貢いでいたらしい。

会社への電話を終えたそのタイミングで、実樹也のスマートフォンが鳴った。

「はい……あぁ、ありがとうございます」

電話の相手は誰だろう。明日華はハラハラしながら、テレビと実樹也を交互に見る。すると、こちらに視線を向けた実樹也が、スマートフォンを明日華に手渡した。

「社長だ」

「お父さん？」

実樹也のスマートフォンを受け取り、電話を替わる。

「もしもし？」

『明日華、ニュースは観た？』

「うん……大丈夫なの？」

なにが、と聞かなくとも、明日華が葛城食品を心配しているのだと伝わったのだろう。こちらを安心させるような穏やかな声で返された。

『あぁ、実は菫さんを告発するように葛城社長に勧めたのは、僕と実樹也くんなんだ。ちょうど今後についての話し合いで実樹也くんを呼ぶつもりだったから、明日華も一緒に家においで』

「うん、わかった」

そうか、父はこの件に深く関わっていたのか。それを聞いて安心した。

強引なところがある父だが、一度懐に入れた人間には情け深い。どう関わっているのかはわからないが、悪いようにはならないだろう。

明日華は話を聞くべく、実樹也の運転する車の助手席に乗り込んだ。

明日華が疑問を口に出すのをこらえているのが伝わったのか、ハンドルを握る実樹也が噴きだすように笑う。

「ちゃんと全部話すから……って言っても、明日華に話してないのは一つだけなんだが」

「すみません、そわそわしちゃって」

五分もかからず実家に着く。明日華がチャイムを鳴らすと、すぐに母が玄関のドアを開けた。実樹也を伴ってリビングに行くと、つけていたテレビを消した父がソファーから立ち上がる。

「明日華、近くに住んでるのに、全然顔を見せないね」

「お父さん、そんなことより……っ」

「わかったわかった。座りなさい」

父の正面に明日華と実樹也が並んで腰かけた。

母は家政婦と一緒にお茶の準備をしてくれているようだ。

「どこから話せばいいかな。実はね……祖父さんの紹介で実樹也くんのお父さんとはたまに顔を合わせていたんだ。それで、ずいぶん前に菫さんについての相談を受けたんだよ。話を聞いて、姉弟を離した方がいいと判断して、実樹也くんを戸波で引き受けることにした。そのときもね、菫さんが大きな問題を起こさないようにしっかりと監督した方がいいと言ったんだが……今回、こんなことになって残念だよ」

父は膝の上で両腕を組むと、哀れむようなため息を漏らした。子を持つ親として、実樹也の父に深く同情しているのかもしれない。

「お姉さんが逮捕されたことも、お父さんが関わってるの？」

「葛城社長の説得にはね。明日華との婚約が決まったあと、実樹也くんから相談を受けたんだ。葛城のことで戸波に迷惑をかけるわけにはいかないから、父の目を覚まさせたい、父を説得するのを手伝ってもらえないかとね」

「実樹也さんから？」

父の目が実樹也に移り、明日華も釣られるようにして隣を見た。

実樹也は頷くと、父から言葉を引き継ぎ、口を開く。

「明日華が実家に来たとき、父は顔合わせに来なかっただろ？　あの電話で、あの人がなにか問題を起こしたに違いないと思ったからな。これ以上、放っておけなかった」

「あのとき……」

そういえばあのとき実樹也は、あの人に甘い顔をするのはやめた方がいい、と言っていた。菫がまた問題を起こしたと踏んで、父親に釘を刺したのか。

「そうじゃないといいと願いつつも、会社の金を使い込んでいる可能性もあるとみて、葛城食品の内部調査をするように父を説得した。社長には別途、業界でも姉の振る舞いには良くない噂が流れているから一度真偽を確認するべきだと話を入れてもらっていた。それでも、父は姉の言い分を鵜《う》呑《の》みにして積極的に動こうとはしなかった」

明日華が頷くと、実樹也が話を続けた。

「そのあとの話は知ってるだろう？　姉に呼びだされたタイミングで話を聞き出したんだ。何人かの取締役を脅して副社長の地位に就いたことや、不正に得た金をホスト遊びに使ったこと、その録音したデータを父に送った。さすがに姉に甘い顔をしていた父も目が覚めたのか、告発する決意をしたんだろう。重い腰を上げて取締役会を開き、副社長を解任するに至ったんだ」

「それで、葛城食品はどうなるんですか？」

明日華の問いに答えたのは父だ。

「耀人《てるひと》くん……あぁ、実樹也くんのお父さんは責任を取って辞任だろうね。本人も今回の件ですっかり疲れてしまったようで、誰かにあとを任せたいと言っていた」

「じゃあ……」

明日華が実樹也を見ると、彼はしっかりと頷いた。

「耀人くんに立て直しを頼まれてね、水面下で葛城食品の買収に動いていたんだ。葛城食品は近く戸波の子会社になり、名称を変えて戸波食品となる。そこで実樹也くんには戸波食品の社長になってもらう予定だ」

「お姉さんは……」

明日華が聞くと、実樹也は首を緩く振った。彼の目に身内の情はいっさいない。

「父は今度こそ親子の縁を切ると言った。今後いっさい、俺も助ける気はない」

「そうですか」

実樹也がこれ以上菫に迷惑をかけられないなら、彼女に我慢を強いられないなら、明日華はそれでよかった。

「社長、いろいろとご迷惑をおかけして申し訳ありません。恩ばかりが積み重なっていきますが、これからの仕事でお返しできればと」

「いやいや、実樹也くんはもう息子のようなものだからね。それに、君が営業部に来てから、ずいぶん売上が上がった。重責を担う分これから大変だろうが、頑張りなさい」

父はそう言って、席を立った。

これから臨時の株主総会を開くようだ。そこで実樹也の退職、そののちに子会社となる戸波食品の社長になることが発表されるという。

実樹也は引き継ぎや準備に追われ、仕事に忙殺されるだろう。彼は一つの区切りを迎えたように粛然とした顔つきで、父の言葉を受け止めていた。

第九章

　翌年四月某日。ようやくこの日を迎えた。

　見合いから約一年。あの日も足を踏み入れたホテルの敷地内にある料亭の庭で、明日華は桜色を基調とした色打掛に身を包み、顔に笑みを張りつけていた。

　色打掛は何十種類もの草木染めの色糸で織られた花と、吉兆とされる扇文様が上品にあしらわれており、巻いてアップにした髪に飾られた胡蝶蘭《こちょうらん》の髪飾りもまた、優雅でありながらも華やかに見せてくれていた。

　午前中は色打掛での写真撮影で、次はウェディングドレスに着替えての撮影へと続く。ホテルに来る前に入籍は済ませている。挙式、披露宴は午後からだ。

　隣に立つ実樹也も、黒五つ紋付き羽織袴《はおりはかま》に身を包んでいる。実樹也は愛おしげに目を細め、明日華を見てにっこりと微笑む。

「やっぱり和装も似合うな」

　こだわりというこだわりがない明日華と違い、実樹也の方が結婚式の準備に熱が入っていた。色打掛での写真撮影は彼の要望で、自分はなんでもいいと言いながらも明日華を着飾らせることに余念がなかった。

「ご期待に沿えてよかったです」

「三歳のときの着物も可愛かった」

懐かしそうに目を細めて言われるが、写真で知っているだけで明日華にその頃の記憶はない。どうやら実樹也に初めて会ったとき、明日華は七五三で着る着物を身につけていたらしいのだ。

実樹也の希望で、二人の新居には子どもの頃の明日華の写真が大量にある。

「実樹也さんってやたらと昔の私を可愛い可愛いって言いますよね。もしかしてロリ……」

「なわけないだろ。ただ、もし子どもが生まれて明日華に似た女の子だったら、あんな感じかと思っただけだ。だって可愛いだろう」

「冗談です。実樹也さん、娘が生まれたら、溺愛しそうですよね」

「……するかもな」

明日華が笑うと、実樹也が照れくさそうに口元を覆う。

実樹也は今、戸波食品――元葛城食品の社長として采配を振っている。

元社長である実樹也の父から引き継ぎを受けてのことだが、元副社長であった菫の仕事の杜撰《ずさん》さが浮き彫りになり、再発防止のため徹底した社内調査が行われた。

特別背任容疑で逮捕された菫だが、さらにホストへの恐喝容疑でも告訴された。

その内容があまりに悪質極まりなく、執行猶予となる可能性はかなり低いらしい。

当然、葛城家の親族たちは肩身が狭くなるだろう。しかし買収に関して周囲の人たちの反応は一様に、問題を起こした会社で親族の実樹也が責務を全うしてくれるのなら、という好意的なものだった。

「どうした？」

「いえ、実樹也さんが幸せそうでよかったなって」

明日華が言うと、実樹也は目を丸くして呆れた顔を見せた。化粧を落とさないように配慮してか、彼の指先がそっと頬に触れる。

「明日華は幸せじゃないのか？」

「幸せに決まってます。一年前は、片思いが叶うなんて思ってませんでしたから」

顔を見合わせると、カメラマンの声がかかりシャッター音が響く。

「うんと優しくしたからな」

「優しく？　そうですね？」

実樹也はたしかに優しいが……。その言葉の意味がわからずに首を傾げていると、耳元に唇が寄せられた。

「『そうしたら、明日華と結婚できるから』って。小さい頃にお前が言ったんだぞ」

「……うそでしょ」

初恋を自覚したのは二十三歳だったが、実は齢《よわい》三歳にしてプロポーズをしていたなんて。

彼の作り話の可能性もあるが、老人ホームにいる祖父に確認する勇気はなかった。

「俺もまさか、初恋が実るなんて思っていなかったよ」

「初恋⁉」

「そうだよ」

まさかと思いつつも嬉しさで涙が滲んだ。シャッター音に現実に戻される。ここにカメラマンがいなかったら、彼に飛びついていたかもしれない。

「そうだ、大事なことを伝え忘れていた」

「はい？」

左手を取られて、彼の唇がそっと指先に触れた。

「明日華を愛してる。俺と一緒に幸せになってほしい」

耳のすぐ近くで「もう一度ちゃんとプロポーズしたかったんだ」と囁かれる。

「はい……っ」

明日華は色打掛が乱れるのも構わずに、彼に抱きついた。介添人が「あちゃー」という顔をするが、すぐにその表情を戻した。

実樹也の首に腕を回すと、足がぶらりと宙に浮く。いつかのように脇を抱えられて、持ち上げられると顔を見合わせて噴きだした。

「だから、この抱え方、どうにかならないんですかっ」

「仕方ない、今日くらいはいいか」

そのまま腰に腕が回されて、横抱きにされる。身体がゆらゆらと揺れて結構怖い。

「うわっ、お、落とさないでくださいね！」

「落とすかよ」

たしかに脇に手を入れて、肩に抱えられる方が安定感があるな、と思ってしまったのは内緒だ。

今日くらいは花嫁らしくお姫様抱っこをされてあげよう。

「じゃあ么とで、ウェディングドレスでもお願いしますね」

そう言ったのは、カメラマンだった。

思わず実樹也と顔を見合わせて、声を立てて笑う。

その後、ウェディングドレスに着替えて、バルコニーに出ての撮影が行われた。撮影が終わると、チャペルへと移動した。

関係者が多く出席する披露宴は終始緊張しっぱなしで、頭の中からいつ人の名前が漏れていくかと試験前のような気分にさせられた。

その分、二次会は楽しかったが、着替えを済ませてホテルに戻った途端、疲れが一気に押し寄せてくる。

「あぁ〜もう〜疲れた……っ」

明日華はベッドにうつ伏せに寝転がった。横になるとますます身体が重くなり、このまま眠ってしまいそうだ。

「そのまま寝るなよ？　肌に悪いぞ」

「わかってますけど、ちょっとだけ」

実樹也も疲れているだろうに、彼は明日華の足を跨ぐようにベッドに乗り上げて、ふくらはぎを揉んでくる。九センチヒールを履き続けていたせいで、いつかのハイキングのときと同じくらい足がパンパンだ。

「ん〜気持ちいい、です」

「……懐かしいな」

実樹也が笑った気配がした。彼もおそらく初デートを思い出しているのだろう。そうですね、と返そうとしたけれど、迫りくる眠気には抗えず、まぶたが落ちそうになる。

「こら、寝るなって」

「ひゃぁっ」

ふいに実樹也がスカートの内側に手を入れてくる。太腿をくすぐられて、全身が魚のようにびくりと跳ね上がった。それがおもしろかったのか、太腿の裏側や内側を爪の先で掠めるように触れられる。

「く、くすぐらないでっ、ひどいです」

眠気が一気に吹き飛び、彼の手から逃れるように身体を起こす。するとそのまま腕を引かれて、脇の下を持ち上げられる。

「この持ち方！」

「お姫様抱っこをご所望か？」

「いいんですけど！」

やいのやいの言いながら連れていかれた先はサニタリールームだ。一緒に暮らして半年以上も経てば、明日華の服を脱がすのもお手の物である。

いつものように手早く服を剥ぎ取られて、手を引かれ、バスルームへと一緒に入った。身体を重ねなくとも一緒に風呂に入ることも珍しくない。

今日もそのつもりなのだとばかり思っていたのに、バスルームに足を踏み入れた瞬間、顎を持ち上げられて唇を奪われた。

「ん、ん～っ」

舌を強く啜られ、口腔をぐちゃぐちゃにかき混ぜられる。キスをしているだけなのに、頭の奥がぼうっとするのもいつものことだ。実樹也とのキスはそれくらい気持ちいい。

すでにそそり勃った彼の熱を下腹部に押しつけられて、明日華の興奮も高まってくる。身体は朝からの準備で疲れ果てているというのに、欲望には限りがない。

「式の間からずっと、挿れたかった」

ぐいぐいと硬いものを足の間に差し込まれ、触れられてもいないのに密が溢れだす。

「ん、もう……私も、ほし……っ」

耐えきれずに腰を揺らすと、荒々しい息遣いと共に唾を嚥下する音が聞こえてきた。

「このまま、挿れていいか？」

我慢の限界だろうに、彼の手にはきちんと避妊具が用意されていた。けれど、つけなくても構わないかと尋ねてくる。

仕事についても腰かけのつもりはないし、妊娠したとしても辞めるつもりもない。幸い、戸波はホワイト企業で福利厚生も手厚い。悩むまでもなかった。

「いいですよ。ずっと、いいって言ってたのに」

「一応、けじめだ」

明日華が彼の首に腕を回すと、片足を抱えられて、隆起した肉棒を蜜口に押し当てられた。まだ慣らしていないからか、隘路を広げるようにずずっと押し入ってくる塊がいつもよりも大きく感じられる。

「あっ、う……んっ」

凄まじいまでの圧迫感に苦しげな声を漏らすと、宥めるようなキスが贈られた。

「ひぁっ」

口腔を這う舌の感触が心地好くて、ふっと身体から力を抜いた瞬間、勢いよくずんっと腰を突き上げられた。

避妊具越しではない生々しい雄の感触に、目眩がするほど感じ入ってしまう。腹の奥がきゅうっと収縮し、快感が脳天を駆け上がる。

「あぁぁっ！」

急激に与えられた快感に驚き、全身が小刻みに震えた。雄芯を包む媚肉がきゅうきゅうといやらしく蠢き、小さく痙攣している。

「つは、もしかして達った？」

楽しげに囁かれて、明日華の頬が真っ赤に染まる。

いくら何度となく彼に抱かれて快感に慣らされていたとしても、まさか挿入しただけで達してしまうなんて思ってもみなかった。

「だって……っ、実樹也さんが、気持ち良くするから……っ」

「そうやって、可愛く俺を誘うから一回じゃ終われないんだって学べよ」

媚肉を巻き込みながらゆっくりと腰が引かれ、ふたたび一気に穿たれた。蜜口から溢れた愛液がぐじゅっと卑猥な音を立てて、バスルームの床に飛び散る。

腹の奥が彼のものでいっぱいになり、それが気持ち良くて、幸せでたまらなかった。

「一回じゃ、私も足りないって、いつも言ってるじゃないですか」

明日華が自分から口づけると、啄むようなキスをしながら彼が答える。

「それでいつも泣く羽目になってるよな」

「性欲が憎い……っ」

元の体力が違うのか、明日華は最終的には寝落ちしてしまう。そんな明日華の身体を綺麗に拭い、パジャマを着せるなどの世話を焼かれるのは、なんとも恥ずかしい。

「本能だ、諦めろ」

彼はくっと笑い声を立てると、ゆっくりとだが確実に明日華のイイ部分を突いてくる。

「はっ、ん、あぁっ、そこ、気持ちいい」

「知ってる」

頭の中だけで、でしょうねと返しつつ、快感の波に翻弄される。頭を空っぽにして実樹也の匂いに包まれると、それだけで幸せな心地に満たされていく。

「はっ、はぁ……あっ、ん、お腹、すごい、の」

いきり勃った肉塊が自分の中を行き来している。ごつごつとした硬い先端で最奥を突かれるうちに圧迫感は消え失せ、身体が彼に埋め尽くされているような感覚がする。

どこを擦られても気持ち良くて、際限なく実樹也を欲しがってしまいそうだ。

「今日は、いつにも増して中がすごいな……興奮してるのか？」

「んっ、わかんな……っ」

いつもとの違いなど明日華にはわからなかったが、いつまで経っても絶頂感が失せていかない。なんだかずっと達しているようで、それで身体が敏感になっているのはたしかだった。

「ここ、ずっとひくひくして、俺を締めつけてる。生でしてるからか？」

彼は興奮しきった様子で息を吐きだしながら、亀頭の尖りで蜜襞をごりごりと擦り上げた。抽送のたびに泡立った愛液がぐちゅ、ぬちゅっと淫猥な音を響かせる。

「だって、気持ちい、んんっ」

また達しそうになり、下腹部に力を入れると、耳のすぐそばで彼が息を詰める。

「……っ、すごいキツいな。これじゃあすぐに出そうだ」

実樹也は一度動きを止めて、浅く息を吐きながら、ゆっくりと腰を引いた。

「あっ、あぁぁっ」

男根がずるりと抜けでる感覚に背筋がぞわりと震える。

蜜襞の感触を確かめるように角度を変えつつ優しく擦り上げられて、じわじわと追い立てられていくようなもどかしさでどうにかなりそうだ。

「はぁ、はぁっ、ん、もっと」

明日華はねだるように彼の後頭部に手を回し、髪を指先でかき混ぜた。自ら唇を触れあわせて、唾液にまみれる唇を軽く食んだ。

すると軽く腰を揺らされ、とんとんと奥を穿たれる。

「あぁぁ、いい……っ」

硬く張った先端で最奥を貫かれる快感に満足げな吐息を漏らしてしまう。もっとそこを激しく突いてほしい。早く達したくてたまらない。とどまることを知らない欲望で頭がいっぱいになる。

「欲張りだな」

実樹也は明日華の足を抱え直し、腰が引かないようにもう片方の手で臀部を掴んだ。柔らかい肉を揉みしだきながら、貪るような激しさで律動する。

「あ、あぁっ、深い、とこ……すご、あぁっ！」

亀頭が蜜襞にめり込み、張りだした部分でごりごりと擦り上げられる。粘ついた愛液が結合部から糸を引き、たらりと床に滴り落ちた。

「はぁ、あぁっ、いい、んっ、気持ち、い」

腰が震えて四肢に力が入らない。

ずっと達しているような感覚が迫り、頭が陶然としていく。

愛液がずちゅずちゅと泡立つ音が響き、その音にさえ身体が昂ってしまう。指先が埋まるほどに尻の肉をぐいぐいと押し回されて、うねる蜜襞が太い男のものを締めつける。

「締めすぎ、だろう……っ、一回、出すぞ」

ぐっとさらに奥深くに肉棒が押し込まれ、蜜襞を擦り上げながら、素早く引きだされる。最奥をごんごんと激しく穿ち、肌が打ちつけられる音が響く。

「ん、んん……っ、ふ、ぁっ」

隙間なく抱き締め合うと、互いの汗で肌が滑った。愛しさが溢れ、キスをねだり唇を突きだすと、噛みつくようなキスが贈られて、口の周りが唾液でべとべとになるほど舐め回された。

「はぅ、ん、はぁっ」

扱くような唇の動きで舌を舐めしゃぶられると、口の中までもが甘く痺れてくる。キスも触れあう肌も繋がった下半身も、気持ち良くてたまらない。

「あー、最高だ」

興奮で赤らんだ目を向けられ、律動はさらに激しさを増す。

蜜壺《みつつぼ》を容赦なく穿たれ、蜜の泡立つ音がさらに大きく響く。絶頂が近いことを伝えるように、蠕動する媚肉が小刻みに震えた。

「もぅ……っ、もう、んっ」

甲高い声を上げながら中を埋め尽くす肉塊を強く締めつけた。すると、体内ではち切れんばかりに膨らんだ男根が大きく脈動し、臀部を掴む手にぐっと力が込められた。その手の強さは痛いほどなのに身体は快感だけを拾ってしまう。

「……っ！」

目の前が真っ白に染まり、絶頂の大きな波に攫われる。背中を弓なりにして、声も上げられないまま達すると、身体の中に熱い白濁を叩きつけられる。

びゅるびゅると注がれる男の精に、幸福感が増していく。

「はぁ、中、いっぱい」

初めて抱かれたわけでもないのに、彼が自分で感じてくれることが嬉しい。これから先、実樹也の精を受け止められるのが自分だけだと思うと、幸せすぎてどうにかなりそうだ。

思わず下腹部を撫でると、子宮がきゅっと甘く痺れて、まだ大きいままの肉塊を締めつけてしまう。

「それで、誘ってないって？」

「え……」

滾ったままの男根をずるりと引きだされた。先端から白濁した精液がとろりと伝い、糸を引く。

床にぽたりと落ちていった精をなんとなく名残惜しげに見つめてしまう。

「後ろ向いて」

まだ続けてくれるのだと期待してしまう。

その物欲しそうな明日華の顔になにを思ったのか、実樹也は性急な手つきで明日華の身体を反転させて、溢れてくる蜜壺に蓋をするように硬さを失いつつある雄芯を背後から突き挿れた。

「ひぁっ」

ぐちゅんっと愛液が泡立つ音が響いた。最奥を勢いよく貫かれる衝撃に驚き、首を仰け反らせながら悲鳴じみた声を上げてしまう。

「いいよ、空っぽになるまで注いでやる」

臀部を揉みしだいていたときと同じ強さで乳房を鷲掴みにされた。両方の手で中央に寄せ、上に持ち上げ、ぐるりと押し回される。

「ここもう勃ってる、触ってほしいのか」

「ん、はぁ……触って」

興奮しきった彼の声に煽られ、触れられてもいないのに先端がつんと尖り始め、誘うように赤く色づいた。実樹也に抱かれるようになって、全身が性感帯へと変えられてしまったみたいだ。

乳房を上下左右に押し回しながら、勃起した乳嘴を指の腹で擦られる。先端からじんと甘い痺れが走り、腰が砕けてしまいそうだ。

「もっと」

「一緒に、か？」

腰を揺らし、浅瀬をとんとんと軽く突かれた。柔襞を優しく擦り上げながら、敏感になった乳首をきゅっと摘まみ上げられると、一気に高められた先ほどの絶頂とは違い、じわじわと興奮が増してくる。

「はぁ、んッ、そこ、好きぃ」

尖った乳首の先端を指先で掠めるように弾かれ、乳輪をなぞられる。上下にぴん、ぴんっと乳首を弾かれていくうちに、心地好さが下肢にも伝わり、雄を引き込むように媚肉がうねった。

「く……っ、こら、搾り取ろうとするなよ」

「知らな……っ、あぁっ」

彼のものが体内で膨れ上がった。

硬さを取り戻した陰茎をぐいぐいと押し込みながら、勃起した乳首を摘まみ上げられ、指の腹で捏ねられると、身体が本能のままに疼き、気づけば腰を揺らしてしまっていた。

けれど、ぎこちない自分の動きに、もどかしさは増すばかり。壁に縋りつくように身体を預けると、背後に手を伸ばす。

「もっと、奥も、してください」

彼のもので貫かれ、最奥で愛しい男の精を受け止めたい。明日華は勃起した陰茎にそっと触れて、根元まで手のひらを下ろしていく。しわの寄った肌の感触がして、手を動かすところりとした丸い玉が手の中で転がった。

「はっ、どんだけエロいんだよ」

「そうしたのは、実樹也さんじゃないですか」

後ろを振り向きながら言うと、興奮で赤らんだ目に射貫かれた。自分しか目に入っていないような余裕のない表情が好きだ。もっとその顔を見せてほしくて、明日華は手のひらで包み込んだ睾丸《こうがん》を軽く撫でてみる。彼の腰がわずかに震えて、目が細まった。

「これ、全部私にくれるんでしょう?」

硬くころころとしたものを手のひらで転がすと、耳のすぐ近くで獣が呻くような声が聞こえて、唾を呑み込む音がやたらと大きく響いた。

「激しいのがいいんだな?　泣いても知らないぞ」

彼はそう言いながら、ずんっと腰を叩きつけた。同時に指が食い込むほどの力で乳房を中央に寄せ、上へ下へと揺さぶる。

「あぁっ!」

脈打つ肉棒を最奥めがけてずんずんと押し込まれると、感極まったような声が漏れた。隘路の奥がきゅんと疼き、ますます強く彼を締めつけてしまう。

愛液にまみれた蜜襞をぐちゃぐちゃにかき混ぜられて、子宮口を押し上げるように穿たれると、みだりがわしい声が止められなくなる。

「ひぁ、あっ、あぁっ、だめぇっ、んん!」

大きく膨らんだ肉棒で貫かれ、全身が悦びに打ち震える。脳天まで駆け抜けるような凄絶な快感に襲われて、勃起した乳首をきゅっと引っ張り上げられただけで軽く達してしまう。

全身が小刻みに震え、腰を突きだすように背筋を仰け反らせた。膣穴からぴゅ、ぴゅっとはしたないほどの飛沫が上がり、細い足を伝い流れ落ちた。

「また達ったのか」

背後から嬉しそうな声が聞こえてきて、より激しく突き上げられた。

「ひぁっ、まっ、やら……今、だめぇっ」

絶頂の余韻の最中にあった意識が無理矢理引き戻されて、強烈な律動で責め立てられた。腰を揺さぶられるたびに、彼の手の中にある乳房がぶるんぶるんと震える。

背後から穿たれると、いつもとは違った角度でより深く突き挿れられている感覚がする。

激しい抽送は、気持ちいいと感じるよりも苦しくて、悲鳴じみた声を上げるしかなかった。

それなのに、臀部に恥毛が擦れるほど深く穿たれ、容赦なく責められていくうちに、ふたたび心地好さが生まれ始める。

「はぁ、あぅっ、ん、あぁっ」

声に甘さが混じり始めたことにはとうに気づかれているだろう。

実樹也は片方の手を下ろし、指の腹でクリトリスを撫で上げた。つんと尖る小さな粒を捏ねられ、小刻みに揺らされる。

「あっ、あ、それ……だめっ、また、すぐ達っちゃ」

「何度でも達けばいいだろ」

律動は激しさを増し、亀頭の尖りで蜜襞を擦り上げながら、最奥を貫かれる。そして愛液にまみれた指先で淫芽を撫でられると、意識が陶然とするほど気持ちがいい。

明日華は恍惚と目を細めながらも、がくがくと震える膝に力を入れて必死に立っていた。だが、それも長くは保たず、膝から崩れ落ちるように力が抜けてしまう。

「あぁっ、だめ、も……力、入んない」

「いいよ、座ってしよう」

ぼんやりする頭ではなにも考えられず、されるがままでいると、挿入した状態のままバスチェアに腰かけた彼の上に座らされる。膝の上で両足を左右に開かれて、真下から突き上げられた。

「や、だっ、これ……恥ずかしい、です」

バスルームの鏡には、真っ赤に熟れた秘所に反り返った肉棒が出し入れされる様が映っていた。

「ほら、入っていくところが、よく見える」

体液にまみれた怒張はぬらぬらと濡れ光っており、己の秘所はそれを美味しそうに呑み込んでいく。長大なものがずるりと入ってくる快感で下腹部がきゅっと震えると、鏡に映る己の蜜口からぴしゃぴしゃと愛液が噴きだした。そのあまりの淫らな光景から目を逸らせない。

「ひくひくして、震えてるだろ」

まるで見せつけるようにずるりと陰茎が引きだされた。そしてまたゆっくりと押し込まれて、体勢に慣れたのか徐々に動きが速まってくる。じゅ、じゅぼっと粘ついた音が立つ。

「ん、あっ、あぁっ」

下から串刺しにされているかのようだ。身体に力が入らず彼にもたれかかると、己の体重で根元まで易々《やすやす》と呑み込んでしまう。

「自分でできるようになったんだろう？　して、見せてくれ」

彼はそう言いながら、花弁の上部にある淫芽をぴんと爪弾いた。

「見せる、って、ひぁっ、やぁ、ん、あっ」

わけもわからず、いやいやと首を振ると、うなじをねっとりと舐められた。

早くと言わんばかりに指先で淫芽を捏ねられる。ぬるぬると指先を動かされると、気持ち良くてたまらず、興奮が抑えきれない。

「はぁ、ん、それ、だめぇっ」

ぞくぞくとした痺れが腰から湧き上がり、背中が波打つ。熱を持った舌でれろれろと首筋を舐め回され、同時にクリトリスを転がされると、興奮がより大きくなっていった。

「あとで、舐めてやるから」

好きだろう、と言わんばかりのセリフに硬直する。彼の舌で全身を愛撫されるのは大好きだ。理性などとっくになくなっていたのか、期待に喉が鳴り、足の間に手を伸ばしてしまう。

「あ、あっ、ん、はぁ、気持ちいい、これ、すき」

鏡の中で極太の陰茎が抜き差しされる。その卑猥な光景を眺めながら、小刻みに指を動かし、そそり勃った淫芽を擦り上げると、腰が跳ねて足の間から蜜が噴きだした。

「すごいな、次から次へと溢れてくる」

陶然とした声で実樹也が囁いた。明日華が乱れる様に魅入られたように、身体の中にある彼のものが一段と大きく膨れ上がる。

「はぁっ、ん、また、おっきく」

淫猥な言葉さえ恥ずかしいと思えなかった。明日華は彼に見せつけるように足を開き、肉棒が自分の身体に呑み込まれていく様を凝視しながら、必死に指を動かす。

「あぁっ、も……また、達く、達くっ」

足の間からは引っ切りなしに粘ついた音が立つ。

「あぁ、もう、俺も」

実樹也の胸元は汗でぐっしょりと濡れており、抽送のたびに明日華の背中がずるりと滑った。しかし体勢を直す余裕もない。身体を彼に預けたまま、明日華は必死で自慰に耽った。

ひときわ強く最奥を突き上げられ、全身がびりびりと痺れる。息を浅く吐くことしかできず苦しいほどなのに、もっともっとと限りなく欲しがってしまう。

「あっ、激しい、のっ、もぅっ、もう」

腰が激しく震えて、開けっぱなしだった口から唾液が溢れた。顎が濡れても手で拭く余裕さえなく、みだりがわしい声を上げるしかない。

「は、はっ、あ、いいっ、そこ」

小刻みに腰が揺らされると、手の動きも速まっていく。もはや達することしか考えられず、指を激しく動かす。腰を押し回すように突き上げられて、頭の奥が真っ白に染まっていく。

「……くぅ、っん！」

明日華は犬が鳴くような甲高い声を上げながら首を仰け反らせた。

「――っ！」

ラストスパートとばかりに、ずんっと腰を叩きつけられた瞬間、全身が硬く強張る。

明日華が達するのとほぼ同時に、実樹也も腰を震わせた。身体の中で脈動する屹立が熱い飛沫を上げ、体内に生温かい精が放出される。

「はぁ、ふぅ……」

力をなくした人形のようにぱたりと手が落ち、自分が意識を保てているかどうかさえあやふやだ。自分の呼吸の音がやたらと大きく聞こえる。

目を瞑ると、寝入ってしまいそうだ。あとは彼がなんとかしてくれるだろうという安心感もある。だが、眠りに落ちかけた意識が、シャワーの湯によって引っ張り上げられる。

「ん……」

「春とはいえ、このままじゃ風邪を引くだろう」

実樹也は明日華の身体を支えて立ち上がり、シャワーの湯を掛けた。

このまま眠ってしまいたいと思っていたが、そういえばまだ身体さえ洗っていない。

「洗ってやるから、座って」

彼の声に欲情の色は感じない。疲れもあって無言で頷きながらバスチェアに腰かけると、髪が濡らされて、泡立てたシャンプーで洗われた。頭皮をマッサージされると、気持ち良くてまぶたが重くなっていく。

「寝ててもいいぞ」

「ん……」

ふわふわと夢心地のまま髪を乾かされて、珍しくもお姫様抱っこでベッドに連れていかれた。

「起きたら、続きはベッドでな」

実樹也の重い愛情を受け止めながら、明日華は今度こそ迫りくる眠りに抗うことなく、目を瞑ったのだった。

実樹也と夫婦になってから二ヶ月が経ち、日々の慌ただしさも落ち着いた頃。

明日華は、葵央と紫門を自宅に招いた。

実樹也の仕事が忙しく、なかなか予定が立たなかったこともあり、以前から約束していた紫門へのお礼が済んでいなかったのだ。

「二人ともいらっしゃい」

「お邪魔しま〜す。前に一人暮らししてたときとは全然違うわね。生活感がある！　あ、デザート買ってきたの。あとで出して」

「ありがとう！　ソファーにでも座ってて」

葵央はキッチンに置いてある作りかけの料理や調理器具を見て、感心したような声を漏らした。

「ほんとだ。ちゃんと料理してんだ。で、明日華が作ったのはどれ？」

葵央の隣からキッチンを覗き込んだ紫門も、驚いた様子で並べられた料理を見た。

明日華は目を泳がせて、隣に立つ実樹也に視線を送った。

「キュウリの中華炒めと煮卵……」

キュウリはメンマと一緒にごま油で炒め、塩こしょうを振っただけ、煮卵は煮汁につけただけだ。

キッチンにいても実樹也の邪魔になってしまうから、明日華は部屋の片付けをしていた。

「この匂いからして美味しそうな手羽先は？」

「実樹也さんが……って紫門はわかってて聞いてるでしょう！」

明日華がふてくされた顔をすると、実樹也の大きな手が頭にのせられる。

「一緒に暮らした当初に比べたら格段に上手くなっただろ」

「私は作るの遅いから。実樹也さんはなんでもささっと作っちゃうし」

相変わらず料理は実樹也の方が断然上手だ。彼は料理をするのが好きそうだから、最近はもう諦めて任せてしまっている。

「慣れだ慣れ。明日華は皿を運んでくれるか？　俺は酒を持っていくから」

「はーい」

ソファー前のテーブルに皿を運び、皆、ソファーを背もたれにしてラグに座った。

目の前には手羽先の甘辛炒めや海老《えび》と玉子のチリソース、青椒肉絲《チンジャオロース》、空心菜《クウシンサイ》の炒め物が並ぶ。大皿に盛られたチャーハンはパラパラしていて中華料理店で食べる料理と遜色ないレベルだ。

（あれ？　なんか……匂いが……）

明日華は口元に手を当てて首を傾げた。

美味しそうと思うし空腹なのに、胃の調子がおかしいのか胸がむかむかする。古くなったものでも食べただろうかと思いつつも、お腹の痛みなどはない。

「じゃあ、乾杯するか。約束が遅くなって申し訳ない。あのときは本当に助かった」

実樹也が言い、紫門に頭を下げた。

明日華と葵央はミネラルウォーター、実樹也と紫門はビールを注いだグラスを持つ。

葵央は下戸だが、明日華はそれなりに飲める方だ。ただ、ここのところあまり酒が進まず、それも不思議だった。

「いえ、お礼は何度も言ってもらいましたから。今日は図々《ずうずう》しくごちそうになります」

結婚式を含め、あれから何度も顔を合わせている紫門は、やや居心地悪そうに苦笑しながらグラスを傾けた。次に会ったときに美味い酒を奢れと言ったのは、実樹也が気にしないようにという心配りだったのだろう。

「いや、何度礼を言っても言い足りないくらいだよ。連絡をもらってなかったらと思うと今でもぞっとする」

「私もあとから紫門に聞いて驚いたわ。知らなかったとはいえ、明日華になにかあったら、さっさと帰ったことを後悔するところだった」

実樹也に気を使ってか、菫が逮捕されたという話題は出ないが、葵央も紫門も当然知っている。三人で食事をしたときに、経緯を簡単に説明したのだ。

「紫門よくやったわ」

「ね、本当にありがとう」

そのあと、学生時代の話や、葵央と紫門の仕事の話をしているうちに時間は過ぎていく。

明日華は話しながら、小皿に取り分けた料理をちょっとずつ摘まんでいた。お腹は空いているのに胸のむかつきは治まらず、ミネラルウォーターばかり飲んでしまう。

「明日華、さっきからほとんど食べてないな。食欲ないか？」

明日華を心配したのか、隣に座る実樹也が箸を置いてこちらを見る。葵央と紫門もそういえば、と明日華の皿に視線を送った。

「ううん……なんかちょっと食べる気分じゃなくて。お腹は空いてるんだけど……匂いを嗅いでると気持ち悪くなっちゃって……ごめんね、食事中なのに」

今日の昼に食べすぎたのかもしれない。しかし、いつもとそう変わらない量を食べたことを思い出し首を傾げた。疲れでも出たのだろうか。

「昼が重かったのかと思ってたが、調子が悪い？」

「そういうわけじゃないの……なんか、フルーツとか、さっぱりしたものなら食べたいかなと思うんだけど……なんだろう」

「ちょっと待ってろ」

実樹也はキッチンに行くと冷蔵庫を開けて、中から苺《いちご》のパックを取りだした。

しばらく待っていると、ガラス皿を持って戻ってくる。ガラス皿には綺麗にカットされた苺とリンゴが盛られている。

「ほら、これなら食べられそうか？」

「ありがとう、ごめんね、せっかく作ってくれたのに」

「いや、疲れでも出たのかもな。ここのところ仕事が忙しくて、家のことはあまりできなかったし」

彼は明日華の頭を撫でながら申し訳なさそうにそう言った。

「料理はほとんどお任せしちゃってるんだから、そこまで負担でもないよ」

皿を受け取り、苺をフォークで刺して食べると、普段は少し苦手な酸味がものすごく美味しく感じる。すべてを食べ終えてもまだ物足りないような気がするのに、チャーハンや油物を食べたいとは思えなかった。

「明日も調子が悪いようだったら、一度病院に行った方がいいかもな」

「うん、そうだね、そうする」

やっぱり体調が悪いのかもしれない、そう結論づけていると、明日華の様子を見ていた葵央が口に出した。

「ねぇ、明日華……それってさ妊娠じゃない？」

「えっ⁉」

驚いたのは明日華だけではなかったようで、紫門もこちらを見て目を見開いている。

「ちょっと待って……」

明日華は慌てて、生理の予定日をチェックするべくスマートフォンのカレンダーを見た。すると、生理予定日からすでに二週間が経っていることがわかる。

「あ……来てないや」

驚きのあまりカレンダーを開いたまま微動だにできずにいると、追加でリンゴを持ってきた実樹也が皿をテーブルに置き、明日華の後ろからカレンダーを覗き込む。

「ほんとだな。悪い、俺も気づかなかった……妊娠の可能性があるのか」

実樹也は愕然とした様子で呟いた。

「うん、そうかも」

喜んでいるような気もするけれど、今は驚きが勝っているのかもしれない。明日華も同じようなものだ。そのうち自然にと思っていたが、いざ妊娠の可能性があるとわかると、正直、嬉しさよりも未知の恐怖が大きかった。

「おめでとう、はまだ早いわね。今から妊娠検査薬買いに行く？　まだ開いてる薬局もあるでしょ。赤ちゃんができてたら教えてよ？」

「じゃあ、俺たちはそろそろ帰ろうか。二人で話すこともあるだろうし」

「そうね」

葵央と紫門が揃って立ち上がった。

「せっかく来てくれたのに、ごめんね」

「なに言ってるの。いつでも会えるでしょ。まだわからないけど、妊娠してると思って生活しないとだめよ？」

葵央に釘を刺されて、実樹也と共に頷く。

支度をした二人を見送るべく、玄関へ向かった。実樹也も車のキーを手にして、靴を履く。

「薬局に行ってくる。妊娠検査薬を買ってくるよ」

「一緒に行く？」

「いや、いい。気持ち悪さがあるなら、ちょっと休んでろ」

「わかった、ありがとう」

三人を見送った明日華は、ソファーに腰かけ、もたれかかった。

頭の中は先ほどからずっと、妊娠しているかもしれない、ということでいっぱいだ。

「実樹也さんとの赤ちゃんか……」

一人になると、じわじわと喜びが湧き上がってきて、無意識に口元が緩んだ。まだわからないんだからと自分に言い聞かせていても、期待は止められない。

食べかけのリンゴをしゃくしゃくと囓《かじ》りながら、男の子だろうか、それとも女の子だろうかと考えてしまう自分は、やたらと気が早い。

そうこうするうちに実樹也が自宅に戻ってきた。

ビニール袋から出した妊娠検査薬を手渡される。

「ほら、これ、早速検査してみるか？」

「う、うん……する」

明日華はトイレに立ち、説明書を読みながら、テストをした。しばらく待つと、くっきりと陽性反応が出ている。

「……っ、実樹也さん！」

トイレから飛びだし、検査薬を見せる。

「見て！　妊娠してる！」

「わかったわかった。あまり興奮するなよ。明日、一緒に病院に行こうな」

「あ、うん。ねぇ、実樹也さん」

「うん？」

彼はキッチンで洗い物をしながら目だけをこちらに向けてきた。

「赤ちゃんできてたら、嬉しい？」

「嬉しいに決まってるだろ。でも、今からあまり喜んでお前にプレッシャーかけるのもな」

実樹也は検査薬を手にしながら、感極まったように明日華を後ろから抱き締めた。力を入れないようにしてくれているのか、普段よりもその手が優しい。

「でも、どうしても期待してしまうな。さっき、顔に出さないようにするのに苦労した」

実樹也が髪に鼻を埋め、頭に頬を擦り寄せた。

「嬉しかった？」

「まぁな。それに……」

背後からぼそりと低い声が聞こえる。

「アイツもさすがに諦めるだろ」

まだ紫門に嫉妬していたらしい実樹也に驚きつつも、明日華は幸せな気持ちで頬を緩めた。

翌日、二人で病院に行った結果、妊娠二ヶ月であると判明したのだった。

了

あとがき

本作をお手に取ってくださり、ありがとうございます。本郷《ほんごう》アキです。

ルネッタブックス様からは約一年半ぶりの新刊です！

前作（執着溺愛婚）も、家族の問題を抱えたヒーローだったのですが、今回もまた飽きずに拗らせた男を書いてしまいました（私の大好きなやつです）。

ですが、前作の「俺に愛される資格はない系ヒーロー」と違い、今回はヒロインを逃さないためにわりとぐいぐいいくヒーローですので、安心して読めるのではないかと思います。

ヒロイン明日華は、恋愛ごとには鈍感だけどみんなに愛される明るい女性です！（羨ましい……）

明日華のような女性は書きやすくて好きなのですが、実樹也の姉、菫だけは何を考えているのか理解できず、何度も書き直し、担当様にも助けていただきました。

かなり直しを入れて、とてもいい作品になったと思っておりますので、皆様に楽しんでいただけたら嬉しいです。

イラストは、なんと篁《たかむら》ふみ先生がご担当くださいました！

初めてお仕事をご一緒させていただくのですが、実はいつか表紙を担当していただきたい憧れのイラストレーター様の一人だったので、篁先生だとご連絡いただいたときは泣いて喜びました！

こちらの表紙は結婚式で実樹也が明日華を初めてお姫様抱っこをするシーンなのですよ。

柔らかい実樹也の表情と照れている明日華の顔が可愛くて！　何度も眺めてはニヤニヤしてしまいました。本当にありがとうございます！

最後になりますが、編集部の皆様を始め、この作品に携わってくださったすべての方々にお礼を申し上げます。本当にありがとうございました。

また、いつも応援してくださる読者の皆様に最大の感謝を！

次の作品でもお会いできることを楽しみにしております。

二〇二五年二月　本郷アキ

ISBN978-4-596-31602-8 定価1200円＋税

ルネッタブックス

オトナの恋がしたくなる♥

しっかり堪能させてもらおう

契約婚のはずなのに、
剥き出しの本能でたっぷり愛されて…⁉

ISBN978-4-596-52292-4 定価1200円＋税

執着溺愛婚

恋愛しないとのたまう冷徹社長は、わきめもふらず新妻を可愛がる

AKI HONGO

本郷アキ

カバーイラスト／秋吉しま

倒産寸前の実家を救うため、大企業の社長・仁と子作り前提で契約結婚した彩香。複雑な生い立ちゆえに愛を信じない彼とは、身体だけの繋がり…のはずが⁉「足りないな。全然」普段冷たい仁が、ベッドの中では甘く執拗に初心な彩香を蕩かしてくる。彩香の中で次第に彼への気持ちが大きくなっていくが、そんな時、仁と敵対する従兄弟の新が現れて…。

ルネッタブックス

オトナの恋がしたくなる♥

国ごと君を守る。そう決めた。
だから俺と結婚してください

脳筋わんこな陸上自衛官×
おちびな世話焼き女子

ISBN978-4-596-72143-3　定価1200円＋税

〈極上自衛官シリーズ〉
こわもてエリート陸上自衛官は、小動物系彼女に絶対服従！
～体格差カップルの恋愛事情～

MURASAKI NISHINO

にしのムラサキ
カバーイラスト／うすくち

１５０センチと小柄で華奢だけど正義感が強く世話好きの海結は、トラブルに巻き込まれたところを顔見知りの峻岳に助けられる。１８５センチを超える高身長に鍛えられた身体を持つ彼は、陸上自衛隊の水陸機動団に所属するエリート自衛官。そんな峻岳からストレートに想いを告げられ、お付き合いをすることに。身長差３０センチ超えの二人の恋の行方は……!?

ルネッタ ブックス

破談覚悟のお見合いのはずが、カタブツ御曹司から注がれる愛情がムッツリなみに灼熱でした!

2025年3月25日　第1刷発行　定価はカバーに表示してあります。

著　者　本郷アキ　©AKI HONGO 2025
発行人　鈴木幸辰
発行所　株式会社ハーパーコリンズ・ジャパン
東京都千代田区大手町 1-5-1
04-2951-2000（注文）
0570-008091（読者サービス係）

印刷・製本　中央精版印刷株式会社

Printed in Japan ©K.K.HarperCollins Japan 2025
ISBN 978-4-596-72409-0